「おじさまぁぁぁぁぁ!!」
無敵の万能要塞で快適スローライフをおくります
～フォートレス・ライフ～
2
「おじさま!?」

要塞村に夏到来!?
武器庫をプールに魔改造!
マフレナ
伝説の人狼一族、
銀狼族の娘。
無邪気で(色々と)
警戒心が緩い。
ジャネット
ドワーフ族の娘で、
鍛冶の腕前は随一。
インドア派で小説を
書くのが趣味。

クラーラ
《大剣豪》のジョブを
持つエルフの少女。
脳筋でさっぱりした
性格で、要塞村では
狩りを担当する。
トア
無血要塞・ディーフォルを
自在に改造する
《要塞職人》で、
いつの間にか村長に。
個性豊かな住人と
第二の人生を謳歌中。
ローザ
齢三百歳を超える
世界最高の
《大魔導士》。
だが、外見相応に
可愛いものに
目がない。
フォル
完全自律型甲冑兵。
特技は料理で、
要塞村の
厨房を担う。

トアを追って聖騎隊を
飛び出したエスエルは……
「君はもう王国に戻る気はないようだし、いっそ彼が村長を務めている村に住めばいいのではないか？」
「ト、トアの村にですか!?」
エステル
《大魔導士》のジョブを持つ、トアの幼馴染。
シャウナ
黒蛇族で、ローザと同じ八極のひとり。可愛い女の子大好きな残念美人。

鈴木竜一
ill. LLLthika
無敵の万能要塞で快適スローライフをおくります
2
～フォートレス・ライフ～

口絵・本文イラスト
LLLthika

装丁
coil

contents

プロローグ

ジア大陸北部。

年間を通して気温が高く、滅多《めった》に雨が降らない乾燥地帯。

土地の八割近くが岩と砂に覆われたこの土地だが、栄えていないというわけではなく、むしろ鉱産資源をメインに据えた貿易で財力は豊富にある。土地の中心部には最近発見されたマドゥワ遺跡の発掘現場があり、現在は千を超える人々が集結していた。

そんな人々が宿代わりに使っているのがテントだ。

寝泊まりするだけでなく、道具の管理や怪我人《けがにん》の診療所の役目を持ったテントがいくつか存在している。

その女は、数あるテントの中でもひと際大きなものの中にいた。

長年愛用している木製のイスに腰かけ、これまた愛用の執務机に肘を置き、古い友人から送られてきた手紙を熱心に読みふけっている。

すると、テントの外からひとりの青年が女に声をかけた。

「すみません、シャウナさん。少しよろしいでしょうか」

丁寧な口調でそう尋ねる。

「ああ、構わないよ」

「では、失礼します」

テントに入ってきた青年の名はカシム。彼はマドゥワ遺跡のあるワドルド王国の兵士であり、この遺跡発掘現場の責任者でもあった。

「おや？　手紙ですか？」

「ああ、昔の仲間から送られてきたものさ」

「シャウナさんの仲間というと……同じ八極である鉄腕のガドゲル様ですか？　それとも、赤鼻のアバランチ様？」

「いや、こいつを送ってきたのは枯れ泉の魔女だよ」

「！　おお……あの世界最高の《大魔導士》と名高い枯れ泉の魔女様ですか」

カシムの声は感動と緊張で震えていた。

無理もない。

枯れ泉の魔女ことローザ・バンテンシュタインといえば今や伝説ともなっている八人の英雄——八極のひとり。ごくごく一般的な《魔導士》のジョブを持つカシムにとって、枯れ泉の魔女はまさに雲の上の存在だった。

一方、そんな英雄から手紙を直接送られたシャウナは淡々と読み続け、すべての文に目を通すと手紙を綺麗《きれい》に折りたたみ、胸ポケットへとしまった。そして、執務机の下にある大きなリュックを軽々と持ち上げ、背負った。

「そんな大荷物でどちらへ？」

「ちょっと用ができた。今からストリア大陸へ行ってくる」

「ス、ストリア大陸⁉」

カシムは驚きのあまり声が上ずった。

「なんでも、ローザが面白いジョブを持った少年を発見し、その恩恵を受けて楽しく暮らしているらしい」

「は、はあ……」

「しかも、その場所はザンジール帝国が放棄したあの無血要塞だという。そこでどんな楽しい暮らしをしているのか、少し様子を見たくなってね」

好奇心に満たされた瞳がキラキラと輝いている。

こうなると、もうシャウナを止めることはできない。それは、まだ短い付き合いのカシムでもよく分かっていた。

「あ、で、でも、だったら、こちらの遺跡発掘は⁉」

「あとはもう私抜きで大丈夫だろう？」

「そ、それはそうですが……」

カシムは悟る。

シャウナはもうここへ戻る気がないのだ、と。そして、すでに彼女の興味は、枯れ泉の魔女が見つけたという不思議なジョブを持つ少年へと移り変わった、と。

今にもテントから飛び出して行きそうなシャウナを、それでも必死に押し止めるカシム。そこで、彼はこの場所を訪れた理由を思い出した。

「こ、国王陛下があなたに勲章を授けたいとおっしゃっているんです！　せめて、授与式だけでも参加しませんか？」

「私に？　なぜだい？」

その返しに、カシムは言葉に詰まってしまう。

「な、なぜって……この地に古くから伝わる古代文字を解読し、その謎を紐解《ひもと》き、この遺跡を発見したのは他の誰でもない、あなたの功績じゃないですか！」

カシムの必死の訴えに対し、シャウナは「ふふ」と小さく笑ってから答えた。

「それを言うなら、世界中を飛び回って私を捜しだし、発掘チームに招聘した君の方が素晴らしい働きをしたよ。ちょうどいい機会だ。君が代わりに勲章を受け取るといい。私から国王へそう伝えておこう」

「し、しかし！」

「正直に言うと、勲章はもうもらい飽きたんだ。君が代わりに受け取ってくれると言うなら、私としても嬉《うれ》しいのだけどね」

そう言って、シャウナはこれまでのカシムの頑張りを労《ねぎら》うように肩をポンポンと二度叩《たた》く。それから、ゆっくりと歩きだし、テントを出ていった。

「あ、ちょ、ちょっと待ってください！」

少し意識が飛んでいたカシムは、慌ててシャウナの後を追ってテントを出ると、その背中に向かって叫ぶ。

「今までありがとうございました！　新天地でもどうかお元気で！」

力の限り、腹の底から叫んだ。

すでに遠くを歩くシャウナは、右手を高々と天に掲げ、小さく左右へと振ることで返事とする。

やがて、その後ろ姿は熱砂の向こうへと消えていった。

第一章　地下迷宮を進め

モンスター組の歓迎宴会から数日後。

「ワオーン‼」

銀狼族の遠吠《とおぼ》えが、要塞村に朝の到来を告げる。

神樹ヴェキラを中心に、かつては武器庫や会議室として使用されていた部屋をリフォームした住居から、次々と村民たちが出てきて朝の挨拶を交わし、やがてそれぞれの持ち場へと散っていって仕事を始める。

ちなみに、モンスター組にはキシュト川での漁をお願いする予定で、今は浴場造りに参加しているドワーフ族のうちから数人を借りてきて船などの必要道具を一緒になって作っていた。

また、この要塞村へ住むにあたり、彼らからひとつ要求があった。

その要求とは「名前が欲しい」というものだった。

「人は名前を付けることで個を識別する判断材料としています。それを、是非とも我らにもいただきたいのです」

モンスター組のリーダー格であるオークからの依頼で、トアは近日中に名前を付けることを約束した。

「ふあ～……」

あくびをしながら要塞の外へ出て、体を動かしていたトアのもとに談笑しながらやってきたのは、エルフ族の少女クラーラと銀狼族の少女マフレナのふたりだった。

「おはよう、トア」

「わふ！　おはようございます、トア様！」

「おはよう、ふたりとも」

朝の挨拶を終えると、トアは各々の仕事場へと向かう村民たちへと視線を移した。

「ここもだいぶ賑《にぎ》やかになってきたな」

「そうね。思い返してみたら、最初の頃って私とフォルくらいしかいなかったし」

「そのあとすぐに私たちも合流しましたよ！」

「そうだったね。銀狼族が加わって、さらに王虎族、ローザさん、大地の精霊たちにモンスターたち……」

「改めて振り返ると凄《すご》い面子ね」

トアは井戸で水を汲《く》みながら、クラーラやマフレナと他愛《たあい》ない会話に花を咲かせていた。そこへひとりの少女が近づいてくる。

「おはようございます、トアさん、クラーラさん、マフレナさん」

眼鏡の似合うドワーフ族の少女・ジャネットだ。

「おはよう、ジャネット」

「おはよう」

「おはようございます！」

いつもと変わらぬ朝の挨拶を終えると、ジャネットが眼鏡をクイッと指で持ち上げた直後、何かを思い出したのか、ハッとなってトアへと声をかけた。

「あ、そうだ。トアさん」

「うん？　何？」

「テレンスさんたちがトアさんを捜していたみたいですよ」

「え？　テレンスさんが？」

「はい。もしトアさんを見つけたら、自室で待っているから時間のある時に寄ってほしいとも言っていました」

テレンスといえば銀狼族最年長の老人で、地下迷宮調査隊のリーダーを務めている。そんな人物からの呼び出しともなれば、心当たりはひとつしかない。

「……地下迷宮の調査で、テレンスさんたちは何かを掴《つか》んだのかもしれない」

「地下迷宮？　……そういえば、ジャネットたちドワーフ族に作ってもらった武器を装備して地下迷宮に潜っているんだったわね」

以前、トアはテレンスから地下迷宮調査を行いたいという要望を受け取っていた。しかし、旧帝国の魔法兵器研究施設跡地でもある地下迷宮は、何が出るか分からない。そんな空間を装備なしで歩き回るのは危険だと判断し、却下していた。

しかし、要塞村にドワーフ族たちが加わったことで事情が一変。彼らの技術によって生まれた要塞村産の高性能武器や防具の数々を装備したテレンスたちは、数日前から地下迷宮の調査を行っていたのである。

恐らく、その報告をしたいのだろうと察したトアは、とりあえずテレンスの話を聞いてみることにした。

「ありがとう、ジャネット。早速テレンスさんの部屋へ行ってみるよ」

「いえいえ。私は昼まで自室で執筆活動をして午後から工房に入る予定でいますので、もし何か用件がありましたら、今言った場所にいますから声をかけてください。トアさんのお願いならなんでも聞いちゃいますよ！」

「了解だ。頼りにしているよ、ジャネット」

ジャネットとの会話を終えたトアは、クラーラとマフレナのふたりを連れて、地下迷宮近くにあるテレンスの自室へと向かった。

「おお、村長！　待っとったぞ！」

トアがテレンスの部屋に入ると、やたらとテンションの高いテレンスが出迎えた。さらに、部屋にはもうふたり先客がいた。

「よく来たのぅ」

「可愛《かわい》らしい少女ふたりを侍《はべ》らせての登場……さすがは我がマスターです」

十歳前後の少女の姿をしながらも、その中身は世界最高と称される《大魔導士》、ローザ・バンテンシュタインと、旧帝国が開発した自律型甲冑《かっちゅう》兵のフォルだった。

「ローザさん？　それにフォルまで。どうしたんですか？」

「どうしたも何も、ワシはこの要塞を研究しておった者じゃぞ？　地下迷宮の件が気になるのは至極当然のことじゃろう？」

「ま、まあ、それは……」

「じゃあ、フォルはなんでいるのよ」

「地下迷宮に何か新しい食材でもないかな、と思いまして」

要塞村の調理場を預かるフォル。新たな味への挑戦は推奨したいところではあるが、さすがに場所が場所なので控えるようトアから指示が飛んだ。

甲冑であるため、感情をハッキリと読み取ることはできないが、どうやらちょっと残念がっているようで、「はい」という返事のボリュームが明らかに小さかった。

申し訳ないとは思いつつも、トアは話題を切り替える。

「そういえば、ローザさんって地下迷宮を探索したりしなかったんですか？」

「わふっ！　それは私も気になっていました！」

トアとマフレナにずいっと詰め寄られたローザはバツが悪そうにふたりから目を逸《そ》らして答える。

「……正直、地下迷宮はジメジメしていてあまり好かんのじゃ」

ただ単純に好きか嫌いかの問題だった。

一方、フォルはというと、いつもと比べて不自然なくらい物静かだった。

「どうしたのよ。調子でも悪いの？」

「いえ、この地下迷宮近くへ来てからなんだかスッキリしないというか、頭にもやがかかっているというか……」

「ハッキリしないわね」

「そうだ。クラーラ様に頭を殴り飛ばされたら何か思い出すかもしれません」

名案とばかりにポンと手を叩いた後、期待の眼差《まなざ》しをクラーラへと向けるフォルだが、当のクラーラは「はあ」とため息をついてから抗議する。

「あのねぇ……確かに私は何度かあんたの頭を吹っ飛ばしているけど、好きでやっているわけじゃないのよ」

「そうなんですか⁉」

フォルは大袈裟《おおげさ》に驚いてみせる。

「なんで意外そうなのよ。……もとを正せば、あんたが殴られてもおかしくないセクハラをしてくるのが問題なんじゃない」

「そうですかぁ？　仮にセクハラをしているのが僕じゃなくてマスターだったら、まったく違う反応を見せていると思うのですが。というか、きっと受け入れますよね、普通に」

「なっ⁉」

「後学のために、ちょっと検証したいと思います。ですので、クラーラ様は試しにマスターからセクハラを受けてもらえますか？　今後のおふたりの関係に大きな変化が訪れかねないレベルのヤツを」

「トアを変なことに巻き込むなぁ！」

クラーラのアッパーは的確にフォルの頭部を捉えて吹っ飛ばす。飛んでいった頭はテレンスの部屋の天井に深々と突き刺さった。

「やはりダメみたいです」

「だろうね」

天井に突き刺さった頭から、フォルの残念そうな声とそれに対するトアの冷静なツッコミ。いつも通りのやりとりを終えると、「コホン」とわざとらしく咳払《せきばら》いをしたテレンスが、本題へと話を戻した。

「村長、こいつを見てくれ。昨日、地下迷宮を探索している際に拾った物だ」

テレンスは小さな袋を取り出すと、テーブルの上に広げた。

「何これ？」

「わふぅ……普通の石にしか見えないです」

クラーラやマフレナにはなんの変哲もないただの石に見えるようだ。しかし、その石が持つ不思議な力を知るトアとローザは驚きの声をあげる。

「これ、発光石じゃないですか！」

「驚いたのぅ……こんな物が落ちているとは」

「発光石？　何ですか、それ」

銀狼族には馴染《なじ》みのない物であるらしく、マフレナは首を傾《かし》げていた。そこで、トアが発光石について解説を始める。

「発光石っていうのは簡単に言うと、暗闇を照らす光を生み出す石のことだ。特別高価な代物ってわけじゃないけど、ここで手に入るなんて……」

月明かりだけでは光源が物足りないと感じていた。一応、たき火などをして確保をしていたが、それでは安全性に問題があった。しかし、これなら火事などの心配もない。

「発光石は比較的入口から近い位置にたくさん落ちていてな。まだまだあるぞ」

「そうなんですか⁉　これをランプ代わりにして要塞内に設置すれば、夜でも快適に過ごせますよ！」

興奮しながら発光石を握りしめるトア。

だが、報告はこれだけではなかった。

「とりあえず、昨日は入口から近い位置を中心にしていろいろと探ってみたが……この地下迷宮って場所はかなり厄介なところだぞ」

「と、いうと？」

「思っていたよりもずっと深く、そして広い。おまけに、数こそ少ないがザコモンスターも出現する。なかなか骨のある空間のようだ」

そう語るテレンスの表情はどこか楽しげだった。

まるで未知なる土地へ冒険に向かう少年のようだ。

「冒険──そうだ。まさにテレンスさんは冒険者ですね」

「冒険者？　……いい響きだ！　気に入ったよ、村長！　俺は今日から冒険者だ！」

テレンスのテンションは頂点を越えて大爆発。

渾身《こんしん》のガッツポーズと雄叫《おたけ》びで喜びを表現していた。

「大袈裟なおじいさんね」

「わふふ、テレンスさんって落ち着いた優しいおじいちゃんって印象が強かったですけど、本当は賑やかな人だったんですね！」

クラーラはちょっと呆《あき》れ気味《ぎみ》に、マフレナは楽しそうに言う。

一方、トアはローザへと視線を送る。すると、ローザもトアの方へ顔を向けていた。どうやらふたりの考えは一致しているようだ。

「のぅ、テレンス……今日も地下迷宮に潜るのか？」

「その予定だが」

「だったら、俺たちもついて行っていいですか？」

「えっ⁉　村長とローザ殿もか⁉　い、いや、ふたりが加わってくれるのなら心強いが、なんでまた急に？」

「テレンスさんのテンションを見ていたら、ちょっと行きたくなって。それに、村長としてこの要

塞村の全容を把握しておく必要もあるわけだし」

「下手な言い訳じゃな、トアよ。……まあ、ワシも大体同じ理由じゃがな」

トアとローザの申し出にテレンスが驚いていると、

「なら、私もお供するわ」

「わふっ！　私も行きたいです」

「では、今から十分後に地下迷宮前で落ち合うとしよう。それぞれ、自分に合った武器を持って集合だ」

「「「おー」」」

こうして、トアたちの「冒険者」としての戦いが始まろうとしていた――。

「あの、すみません。ボディの手が届かないみたいなので、誰か足場を持ってきてもらえませんでしょうか。ボディだけだとどこに何があるのか分からなくて……聞いてます？」

フォルを除いて。

◇　◇　◇

地下迷宮は居住区から少し離れた位置にある。

その前で合流後、トアたちは早速地下迷宮の入口へと続くドアを開けた。

「ここが……地下迷宮の入口か」

他の部屋に比べるとより天井が高く、大きなテーブルがいくつも設置された部屋がある。恐らく、食堂になる予定の部屋だったのだろう。奥へと進むと、地下へと続く階段が姿を現した。その先は昼間だというのに薄暗く、先はぼんやりとしていてハッキリとは見えない。

「なんとも不気味な気配じゃな」

「今日は大人数だからそれほど気にはならんさ。昨日なんて四人だけで潜ったんだ」

現在のメンバーはリーダーのテレンスに、各種族を代表した三名。それに加えてトア、ローザ、マフレナ、フォル、クラーラが加わった計九人だ。

中でも、フォルは少し緊張しているようだった。

地下迷宮は暗くて不気味で、なかなか一歩を踏みだせない重苦しい空気が漂っているが、フォルの場合はそういうわけではなく、この場所に特別な思い入れがあるからこその緊張だった。何せこの地下迷宮とは旧帝国の武器開発が行われていた場所。つまり、

「ここが僕の生まれた場所というわけですか。……長年放置されていたせいで記憶機能に障害が起きているのか、あまりピンときませんね」

そういうことになる。

「フォル……」

トアが心配そうに声をかけるが、当のフォルはさばさばしたものだった。

「ですが、今の僕はもう兵器ではありません。この村の役に立つことが、僕の新しい使命だと思っています」

「……そうだな。頼りにしているよ、相棒」

「トア様！　このマフレナもお忘れなく！」

「私がいることもね」

「もちろんだよ、マフレナ。それにクラーラも。みんな頼りにしているさ」

「かっかっか！　若い者は元気があっていいのぅ」

「まったくだ」

先ほどまでの重苦しさは吹き飛び、和やかなムードのまま、一行は地下迷宮へと足を踏み入れる。

石段を一歩ずつ下がっていくと、やがて平たい道が現れた。

辺りに転がっている発光石のおかげで視界が閉ざされることはないが、足元などは見えづらいといった状況だ。

「気をつけて進まないといけないわね――きゃっ⁉」

「っ！　クラーラ！」

何かに躓《つまず》いたクラーラを、トアが抱き支える。

「大丈夫か？」

「う、うん。ありがとう、トア。……ま、まったく、一体何なのよ」

トアとの距離が近いことに気づいたクラーラは、照れ隠しのつもりか、躓いた原因を探るため足元へ視線を落とす。

「ああ……壊れたランプだったみたいね」

「わふっ！　よく見ると同じような物がいくつか転がっていますね！」

クラーラが躓いた物と同型のランプをマフレナが持ってくるが、やはりというか、どれも壊れていて使えそうになかった。

しかし、トアの考えは正反対だった。

「……これ、使えるかも」

トアはマフレナの手にしていたランプをひとつ借りると、《要塞職人》のジョブが持つ能力を発動させた。

「リペア」

目を閉じてその言葉を口にした途端、ランプは青白い光に包まれた。リペアの効果が発動したことにより、ボロボロで使い物にならなかったランプは新品同様に生まれ変わった。

「こいつに発光石を仕込めば暗闇でも平気だよ。光が弱いと思ったら魔力を与えるとより強く発光するから、試してみて」

「ありがとう、トア。それにしても、相変わらず便利ねぇ、あなたの能力って」

クラーラはトアからランプを受け取ると嬉しそうにニコッと微笑《ほほえ》んだ。一方、お礼を言われたトアにはまだ試してみたいことがあるようで、再び壊れたランプを手にする。それに気づいたマフレナがトアへ尋ねた。

「わふ？　どうかしましたか、トア様」

「……マフレナ、悪いけど、この辺りに落ちているランプを集めてきてくれないかな」

「わっふぅ！　お安い御用です！」

トアからの指示を受けたマフレナは尻尾をブンブンと勢いよく振りながらランプを集めに走っていった。

「どうかしたの、トア」

「まあ、見ていてよ」

「ほう……随分と思わせぶりな言い方じゃのぅ」

「これは何やら深い考えがあるようですね！」

「……そこまで凄くはないけど」

ローザとフォルから過剰な期待をかけられて焦るトア。そこへ、マフレナが両手に三つのランプを抱えて戻ってきた。

「とりあえずこれだけ探してきました！」

「お、ありがとう、マフレナ」

「わふふ～♪」

お礼を言われて先ほど以上に尻尾を勢いよく左右へと振るマフレナからランプを受け取ったトアは、早速それらをリペアで修復。そして、足元に落ちている石を適当に拾うと、リペアを使った時のように目を閉じて、

「クラフト」

そう唱えた。

すると、トアが手にしていた石は光に包まれ、次第にその姿を変えていく。要塞にある物からまったく新しいアイテムを作り出すクラフトの力でトアが生みだしたのは、石造りの台座だった。

「よし、いい感じだ」

クラフトで作った台座に、トアはリペアで修復して発光石を埋め込んだランプを設置する。

「これを進みながら等間隔で置いていこうと思うんだ。これから本格的に地下迷宮の調査を進めるなら、手ぶらの方が安全だろうし」

「おお！　なるほど！　そいつは名案だ！」

早速、その場にあるだけのランプを全員で手分けして探し、トアのリペアとクラフトで地下迷宮用の照明器具を設置していった。

作業開始から約二時間後。

明るくなったことで、地下迷宮の姿が明確となる。造りとしては普段生活で使用している部屋や廊下と変わりはないことが分かった。

「こんなところか……でも、まだちょっと暗いかな」

「そうね。この周辺を歩くには十分だけど、その先へ行くならまだ不便かも」

とりあえず、手に入るだけのランプをリペアで修復して設置したが、地下迷宮全体を照らしだすにはまだまだ足りなかった。

「足りない部分についてはこれから考えるとして、まずは今調べられる範囲だけでも調べていくとしよう」

「そうね。……でもやっぱりちょっと怖いわね」

「明るくはなりましたが、空間の狭さは変わりませんからね。閉鎖空間が持つ特有の圧迫感は人の心に恐怖を植え付けるとも言います」

「わ、わふぅ……その話はあまり聞きたくなかったですよ」

暗さはなくなったものの、クラーラとマフレナは地下迷宮の異様な気配に気圧《けお》されているようだった。

もちろんトアだって、決して快適な空間だとは思っていない。

特に目立って怪しい部分はないのに、なぜだか不安を感じてしまう。

「ここには……何かがいるな」

具体的に何がとは言えない。あくまでも感覚的な話で、感じ取っている気配が生き物なのかどうかさえ不透明なものなのだが、確実に何かが潜んでいる。それが、その場にいる全員に共通する認識だった。

「弱いモンスターが出るってことだけど……雰囲気としてはハイランクがうようよいてもなんら不思議じゃないな」

「まあ、何が来ようと片っ端からぶっ飛ばしていくだけよ」

「非常に頼もしいお言葉ですね」

クラーラから強気な発言が出た直後、背後から「ガタンガタン！」と大きな物音が。

「ひゃあああっ⁉」

「わっふぅぅぅ⁉」

驚いたクラーラとマフレナは同時に飛び上がってトアに抱きついた。

「ちょ、ちょっとふたりとも！　ただ木箱が崩れ落ちただけだよ！　ていうか、さっきの勢いはどこ行ったんだよ、クラーラ！」

エルフと銀狼族の少女の抱き枕と化したトアはなんとかふたりを落ち着かせようと必死に語りかける。

一方、テレンスをリーダーとする調査隊メンバーとフォル、それからローザは特に物怖《ものお》じせず崩れ落ちた木箱へ視線を送っていた。それには大量の武器が詰め込まれていた。

「どうやら木が腐っておったようじゃな」

武器をひとつひとつ手に取りながら、落下の原因を分析する。

「それにしても……これ全部旧帝国の物か？」

「そうです。終戦後に連合軍が押し寄せてこの施設に関係する物を片っ端から持ち帰ったので、ほとんど何もない状態だと思っていましたが……正直なところ、驚いています。ここまで残っているとは思いもよりませんでした」

「大方、運搬費用などを考慮してケチった結果じゃろうな」

手にしていたボロボロの剣を無造作に放り投げたあと、ローザは深いため息をつく。

「それにしても、人間同士の戦争か……あまり思い出したくはないな。ここ百年くらい前はあちこちで争っておった……最近はめっきり聞かなくなったが……」

クラーラやマフレナも、人間感覚では高齢なのだが、それでもローザやテレンスからすればまだ若輩者となる。年齢の感覚が狂いそうだな、と思いながら、トアが崩れ落ちた木箱を一瞥《いちべつ》すると、何やら書類が地面に落ちていることに気づいた。

「あれ？　箱から出てきたのかな」

そう言いながら書類を拾い上げる。

一部は旧帝国の暗号が使用された文ばかりだが、中心部にはフォルと思われる甲冑《かっちゅう》兵のスケッチが載っていた。

「こ、これって……もしかしてフォルの設計図？」

「えっ？　僕のですか？」

トアが見つけたまさかの発見。

それを確認するため、フォルへと書類を渡した。

「ふむふむ……どうやら、こいつはいくつかの暗号を複雑に混ぜ合わせることにより、解読を困難にしているようですね」

「じゃあ、フォルでも読めないのか？」

「いえ、完全に解読するのに少し時間がかかるだけです。現段階でどのような内容かまでは分かりませんが……僕に関わりのあることは間違いなさそうです」

思わぬ大発見に周囲は騒然となった。同時に、この地下迷宮にはやはりとんでもないアイテムが眠っているのかもしれないという期待を抱かせた。

気合を入れ直した調査隊は、さらに辺りを探してみるが——結局、この後は特に目立った発見もトラブルもなく、トアの提案した通り、入口付近に発光石を埋め込んだランプを設置するに留《とど》まった。

その作業中、額にじんわりとたまった汗を二の腕で乱暴に振り払いながら、トアは作業の大変さを口にする。

「ファグナス様からいただいた全体図によれば、ここはかなり大きな地下空間だっていうのは理解していたつもりなんですが……実際にこうして入ってみると、めちゃくちゃ広いですね。想定以上だ」

「そうじゃのぅ……奥の方へいけば、さらなる発見があるかもしれぬ」

ローザとしてもこの奥の空間に潜む気配を感じ取っているので、とても気にはなっているようだった。

「だが、今のままでは人手不足は否めん。そこで村長、この地下迷宮を調査するために協力をしてくれる者を村から募りたいのだが」

「冒険者を募集するわけですね。分かりました。許可します」

かつては丸腰だったので反対だったトアだが、今はジャネットたち武器のスペシャリストが揃《そろ》っている。原料さえあれば、武器の量産は容易《たやす》いだろう。

それと、冒険者について。

この村でメンツを揃えるなら、どの種族の人を選んでも身体能力はかなり高い。誰でも仕事はきっちりこなしてくれるだろう。そこに、鋼の山仕込みの職人技で生み出された武器と防具があれば安心だ。

「感謝するぞ、村長！」

「やりましたね、テレンスさん！」

テレンスだけでなく、他のメンバーも増員できることに喜びを爆発させていた。

相変わらず感情が分かりやすい人だとトアの顔から思わず笑みがこぼれた――まさにその時だった。

「！　あ、あれ！」

最初に異変を察知したのはクラーラだった。

その震える人指し指が示す先にあったのは、宙に浮かぶ青白い炎だった。

「「「「!?」」」」

その場にいた全員が驚きに目を丸くする。

「ほ、炎？」

「……微量ながら、魔力を感じるのぅ」

メンバーの中でもっとも魔法に精通しているだろうローザも、目の前で起きている現象を正確に説明できないようで、その小さな顔を一筋の汗が伝う。

「……聞いたことがあるわ」

重苦しい空気を裂くように、クラーラが口を開いた。

「エルフ族の間では時折目撃する者がいるとされる正体不明の青い炎……それは即《すなわ》ち、この世に未練を残して亡くなった死者の魂」

「し、死者の魂？」

「わ、わふぅ……」

なんとも気味の悪い話にすっかり怯《おび》えたマフレナはペタンと座り込んでトアの膝にしがみついたまま動こうとしない。

「お、おどかすなよ、クラーラ」

「あくまでも私たちエルフ族の間で知られている伝説よ。本当にあれが死者の魂かどうかは調べてみないと……」

そこまで言って、クラーラは口を閉ざした。

理由は明確。

調べる方法が分からないのだ。

「ともかく、もう少し近づいてみぬことには――」

ローザが青い炎の正体を探るため一歩前に出ると、炎に動きがあった。一旦空中でピタッと止まったかと思うと、その直後に凄《すさ》まじいスピードでトアたちのいる方へ飛んできたのだ。

「！　来るぞ！」

テレンスが叫ぶ。

どうやって戦うのか、そういった細かい考えはあとにして、とにかく戦う姿勢をもって炎を待ち構える。

　二メートルほどの距離まで接近すると、炎は突如ぐにゃぐにゃと形を変えていく。やがて、その炎は半透明の少女の姿になった。

「なっ⁉」

　トアをはじめ、戦闘態勢にいる全員が突然の変化に絶句し、硬直した。その直後、

「おじさまあああああ‼」

　半透明の少女が口にした「おじさま」という単語。

　この中で、おじさまというカテゴリーに属していそうなのはテレンスのみ。少女はテレンスの知り合いなのか、と誰もがそう思っていた。

「会いたかったですわあああああ‼」

「え？　え？　ぼ、僕ですか？」

　半透明の少女がおじさまと呼んだのは――フォルだった。


「取り乱してしまい、申し訳ありませんでした」

　フォルをおじさまと呼んだ半透明の少女。アイリーンと名乗ったその子は、先ほどとは打って変わり、淑女らしく落ち着いた態度で謝罪の言葉を述べた。

「そ、それで、君は一体どうしてここに？」

とりあえず、詳しい話を聞くことにしたトアたちは、地下迷宮の中にある一室に集まっていた。

「世界大戦時、わたくしはここで命を落としたのですが……どういうわけかこうして生きているのです。……まあ、厳密に言うと幽霊ってヤツですわね」

自らを幽霊だと語るアイリーンへ、フォルが尋ねる。

「ところで、幽霊のアイリーン様は……僕のことを知っているようでしたが」

「そうですわ！　おじさま！　わたくしです！　クリューゲル家のアイリーンですわ！」

「！　クリューゲル家……」

フォルよりも先にトアが声をあげる。

それは養成所の教本にあった王国戦史に載っていた名前だ。

クリューゲル家。

旧帝国の中でも五指に入る大貴族。

だが、その繁栄は血塗られたものであり、教本では詳しい記述をあえて削除していた。興味を持ったトアが王都の図書館で調べたところによると、かなり非人道的なやり方で地位を築いてきたようだ。

そんなクリューゲル家の娘が、半透明の少女の正体。

改めて少女アイリーンの姿に目を通す。手入れの行き届いたサラサラの白い髪に、幼いながらも整った顔立ち。さりげない仕草にもどこか気品を感じる。おまけに、その服装は高そうなドレス調ときている。

「君が……あのクリューゲル家の？」

クリューゲル家の所業を知っているトアの驚いた様子に気づいたアイリーンから、さっきまでの勢いが瞬時にして失われた。

「……確かにわたくしはクリューゲル家の娘ですが……どうかこれだけは知っておいてもらいたいですわ」

そう前置きして、アイリーンはこう主張する。

「わたくしはずっと戦争には反対でしたの」

「戦争に反対？」

「ええ……それをお父様に告げたら、国家反逆罪としてここに閉じ込められてしまったのですわ」

旧帝国は侵略こそが国政の中心にあった国。

そんなところで戦争反対なんて口にしたらどうなるか。しかも、それが政治の中枢を担う大貴族の娘となれば、影響は少なくはない。だから、クリューゲル家当主はアイリーンをここに監禁していたのだ。

「でも、わたくしの監禁生活は決して苦しいだけのものではありませんでした。……おじさまがいてくださったから」

そう言って、フォルに微笑《ほほえ》みかけるアイリーン。

頰《ほお》を赤らめて見つめる表情は、完全に恋する乙女だった。

「おじさまはいつもわたくしに食事を持ってきてくださいました。わたくしは緊張してまともに話すことさえできませんでしたが、そんなわたくしをいつも心配してくださって……そ、それに、おじさまはいつもわたくしを可愛《かわい》いねって……」

両手を頬に添え、徐々に声が小さくなっていくアイリーン。

しかし、そんな乙女心を向けられているのがあのフォルということで、他のメンバーは「ええ……」みたいなリアクションだった。

「みなさん、さすがにその反応は自律型甲冑兵の僕相手でも失礼に値しますよ？」

「あんたがそんな紳士的な態度を取れるとはとても思えないんだけど？」

クラーラのツッコミに、全員が「うんうん」と頷《うなず》いた。

「極めて遺憾です。僕のような模範的紳士はそうそういませんよ？」

「これまでのセクハラ行為をすべてなかったことにしようとするなぁ！」

フォルの捏造《ねつぞう》発言に怒ったクラーラが大剣を構える。

一方、恋する乙女状態のアイリーンにはふたりのやりとりが耳に入ってきていないようで、いつの間にかフォルへと距離を詰めていた。おかげで、クラーラはいつものツッコミができず、不完全燃焼となっている。

「あ、あの、おじさま」

「……なんでしょうか？」

諦めたのか、それとも説得が面倒だと思ったのか、フォルは自分がおじさまであることを否定せずに受け入れた。

「その……兜《かぶと》を取って、また素敵な笑顔を見せてくださいませんか？」

「「「「あっ……」」」」

アイリーンはフォルの正体を知らない。恐らく、彼女の言うおじさまとはフォルが探している中の人と同一人物だろう。つまり、かつてフォルを愛用していた人ということになる。ややこしい話だが。

「では、リクエストにお応えして」

「あ、ちょっ！」

トアたちが止める間もなく、フォルは兜を取った。

当然、魔法文字によって動く自律型甲冑《かっちゅう》兵のフォルが兜を取ったところで、そこにはアイリーンが再会を望むおじさまの顔はない。というか、何もない。

首が取れたその姿は初見だとかなりの衝撃を受ける。

それを、「憧れの人の顔がある」と思い込んでいる、恋する乙女状態のアイリーンが目撃するとどうなってしまうのか——答えは火を見るより明らかだった。

「…………」

無言。

何も語らず、そして動かず。

あまりにも長く動かないので、心配になったテレンスが近づくとすぐにトアたちの方へと振り返りこう言った。

「……気絶している」

衝撃的過ぎる光景を目の当たりにしたアイリーンの意識は飛んでいた。

◇◇◇

その後、地下迷宮で出会ったアイリーンは、すっかりその拠点地の看板娘となっていた。

「おかえりなさいませですわ！」

「ああ、ただいま」

「お怪我《けが》はありませんか？」

「平気だよ。ありがとう、アイリーン」

いつでも元気いっぱいなアイリーンは、今やすっかり冒険者たちの癒《いや》しの存在として定着していた。

また、詳しい原因については不明だが、日中は地下迷宮から外へは出られないらしく、その代わり、夜の間だけは外へも出られるようになるらしい。だがそのため、アイテムの管理などをテレンスから頼まれており、それが彼女の要塞村での仕事となっていた。

さらに、時折フォルが会いに行っているらしく、ふたりは中の人の話題で大いに盛り上がるのだとか。

ちなみに、彼女が会いたがっていたおじさまとは、普通の甲冑だった頃にフォルを愛用していた旧帝国の兵士だということを説明し、誤解は解けていた。今では、ふたりで一緒に当時の思い出話をしているのだという。

こうして、要塞村に幽霊少女アイリーンという新しい村民が加わったのだった。

一方、地下迷宮も、特に入口付近が大きく改装された。

今後の調査の拠点地とするため、トアやドワーフたちがテレンスら冒険者からの要望を聞いてそれに沿うような形へと生まれ変わらせたのである。

完成したそこはまるで武器屋と宿屋を組み合わせたような造りになっていて、装備の手入れに必要な広めのスペースから、仮眠をするためのベッドなどが導入されており、利用する冒険者たちからの評判も上々だ。ドワーフ手製の武器や防具も常備されている。

見張りの名目でその拠点地には常に二、三人が常駐し、何か異変が起きていないかチェックをしている。

地下迷宮で発見した発光石については、照明器具であるランプにするということで決定。持ち帰った割れたランプを、トアがリペアで修復し、クラフトで作った台座に置くことで、調査の効率はグッと上昇した。

「村長、今回は三つ確保しました」

トアの自室には今日もランプを持ち帰った銀狼族の若者が、修復の依頼にやって来ていた。

「了解です」

早速トアはリペアで三つのランプの修復を開始するのだが、最後の三つ目を手に取った時、動きが止まった。

「？　どうかしましたか、村長」

不思議そうに見つめる銀狼族の若者に、トアは「なんでもありません」と誤魔化《ごまか》し、リペアで修復したランプを手渡す。それを受け取った銀狼族の若者は礼を告げて部屋を出ていった。

「……ランプか」

何かを思いついたトアは部屋を出て、ドワーフたちのいる工房を目指して歩きだし、目的地にたどり着くとすぐさまジャネットへ声をかける。

「ジャネット、ちょっといいかな」

「トアさん？　何か御用でしょうか？」

「ちょっと頼みたいことがあるんだ」

トアはジャネットにある物を製作してほしいと依頼。それは決して珍しい物ではないのだが、一般に流通している物より少し特殊な構造をしていた。

ジャネットはこれを快諾。難易度としては高くないらしく、昼前にはできるだろうとのことだった。

それを聞いたトアは工房を出て、次の目的地へと向かった。

次にたどり着いた場所は要塞村を出てすぐ目の前にある屍《しかばね》の森。

「どれがいいかなぁ……」

木の幹に手を触れ、吟味していくトア。そのうちからひとつを選び、ジャネット作の剣で太めの枝を切断する。

「大きさはこんなものでいいかな」

適当な大きさにカットした木材を手に、トアは作業を続行。ちょうど十個目となる木材を手にした時、お昼を告げる銀狼族の遠吠《とおぼ》えが轟《とどろ》いた。

「お？　お昼か」

トアは持ってきた袋に木材を詰め込むと、要塞村へと帰還。

昼食を工房から出てきたジャネットたちドワーフ族と共にとり、そのまま午後から工房で作業することにした。

「こちらが依頼された彫刻用の短剣です」

その手にはトアからの依頼を受けて製作した短剣が握られていた。短剣といっても、サイズは万年筆ほどで、刃の形状がV字になっている。これは、主に彫刻を制作する際に用いられる物であった。

「トアさん、彫刻の趣味もあったんですか？」

「読書ほど頻繁にはやらないけど、好きだよ。要塞村に来てからは、クラフトもあったし、ジャネットたちドワーフ族の活躍もあってやってなかったんだけどね」

「そうだったんですね」

「でも、今回はこいつを使ってちょっと作ってみたい物ができたから、久しぶりにやってみようと思って」

そう言って、トアが取りだしたのは昼食前に森で集めた木材だった。

「？　それをどうするんですか？」

「まあ見ていてよ」

トアは慣れた手つきで木材を短剣で削っていく。時間が経《た》つと、ただの木材はある物へと変化していった。

「これって……ランプですか？」

「うん。地下迷宮や要塞村を照らすランプさ」

夜は月光の明かりを頼りにしている要塞村において、常に一定の明かりを保てるランプは大切な光源となるだろう。

「これでどうかな」

「「「「おおお‼」」」」

その完成度の高さに、本職のドワーフたちからも歓声があがる。

「凄《すご》いですね、トアさん！」

「ははは、ドワーフのジャネットにそう言ってもらえると照れるな」

「いやいや……こいつは本当によくできている。人間にしておくにはもったいないくらいの出来ですよ、村長！」

ゴランからよく分からない誉《ほ》め言葉をもらったが、とりあえずドワーフ族からお墨付きはもらえたようで何よりだ。

これで自信を持ったトアは、テレンスたちに地下迷宮で使ってもらうよう手製のランプを届けることにした。

「村長の手作りか！」

「うまいものだなぁ」

「ほあ～……器用ですわね、トア村長」

地下迷宮の冒険者たちやアイリーンにも好評だったことで、トアはさらにランプ作りに熱を入れていく。

そんな時、村の集会場で作業をしていると、それを発見した村の子どもたちが集まってきた。

「村長、何してるの？」

子どもたちはトアの手にする木材と彫刻用の短剣に興味津々。瞳を輝かせながら手元を覗《のぞ》き込んでいる。

「こいつは……こうするんだよ」

トアは器用に短剣で木材をランプの形に削っていく。その手際の良さと完成したランプを目の当たりにした瞬間、「凄い！」と歓声があがった。

「村長、僕もそれやってみたい！」

「私もやってみたい！」

次から次へと、「やりたい」と言いだす子どもたち。

物作りは子どもたちにとっていい経験になるだろうと思ったトアは、早速ジャネットへ彫刻用短剣を量産してほしいと依頼する。

さらに、使用する短剣が刃物ということもあり、ドワーフ族のゴランを中心に使い方講座で模様づけなどを実演した。すると、これが意外にも子どもの付き添いで来ていた親たちにウケて、「自分もやってみたい」と志願する者が続出。

これまで、こういった創作活動と無縁だった銀狼族や王虎族の大人たちがすっかりハマってしまい、仕事というより新たな趣味として「教えてほしい」と工房へ集まってきたのだ。

次々と出来上がる要塞村の村民たちによる手製のランプは、地下迷宮を明るく照らすだけではなく、夜になると月明りだけが頼りとなる要塞村に新しい光をもたらした。

「みんなが作ってくれたランプはどうですか？」

「大いに役立っているよ。それに、やっぱり手作りだと温かみを感じるんだよなぁ」

廊下に設置されたランプを見ながらしみじみと語るテレンスとトア。

その横では、円を描くように座り、楽しくランプ作りに励む親子の姿があった。

「よし！　できた！　早速飾ってこよう！」

「あ、俺も行く！」

「私も！　お母さんも早く！」

「はいはい」

子どもも大人もランプ作りを楽しみながら、要塞村を飾り付けていった。トアの趣味から始まった要塞村を照らすランプ作りは、今や村民たちの間でブームとなったのだ。

第二章　岩塩を入手せよ

地下迷宮の調査が本格的に始まってから数日が経った。

テレンスをリーダーとする冒険者たちは、探索をよりスムーズに行うため、まずはランプ作りに着手することを決定。それに伴い、当面は地下迷宮の入口付近を中心に発光石を回収していくことになった。

回収した発光石はトアのアイディアをもとに、村民たちが協力をしてランプを手作りし、地下迷宮だけでなく要塞村の廊下や各部屋に設置された。色をつけたり、装飾をくっつけたり、作った人の個性が表れ、要塞村を華やかに彩った。


それから数日後。

「う～ん……今日もいい天気になりそうね」

クラーラは長い金髪のポニーテールを朝風に躍らせながら、狩りに向かうため準備運動という名目で散歩をしていた。

クラーラが歩きながら眺めるのは絶景。見渡す限り広がる濃緑の木々に澄んだ青空。ハイランクモンスターがうようよしている屍の森であることを忘れてしまうくらいの大自然だ。

「天気もいいし、空気もおいしい……今日も気持ちがいいわね！　なんだか今日の狩りで凄い大物が仕留められそうな気がしてきたわ！」

晴天と少々の熱気は、今日一日も頑張ろうという活力を与えてくれる。

思わず鼻歌が出てしまうくらい上機嫌に朝の散歩を楽しんでいたクラーラは、やがて聞き慣れた音を耳にして足が止まる。

「これって……」

穏やかな大気がわずかに震えている。この感覚はクラーラもよく味わっていた。

「誰かが剣を振っている……？」

この時間帯に剣術の稽古をしている者がいる——興味を抱いたクラーラが音のした方へ走っていくと、そこにいたのはトアだった。

「トア⁉」

「え？　クラーラ？」

汗だくになりながら、一心不乱に剣を振っていたトア。

「何やってるの？　こんな朝早くに」

「何って……剣の稽古だよ」

「そりゃまあ、そうなんでしょうけど……でも、どうして？　この前ゴーレムと戦った時に見たけど、トアはもう凄く強いじゃない。それに、本来のジョブの《要塞職人》って戦闘とは無縁のジョブだし」

「それはそうなんだけどさ……もう日課みたいになっているんだよね」

いつもニコニコしているトアが見せる真剣な表情。何か、大きな決意さえ感じさせるその顔を見たクラーラは、気がつくとある提案をしていた。

「ねぇ、トア」

「うん？　何？」

「私と勝負しない？」

◇　◇　◇

トアVSクラーラ。

もちろん、これは稽古であり模擬試合。

本気で戦うわけでは当然なく、通例通り鍛錬用の木製剣で挑む。

「「お願いします！」」

まだ誰も起きてはこない早朝。

無観客のまま、トアとクラーラは共に模造剣を手にして対峙《たいじ》する。

「狩りの前の準備運動にはちょうどいいでしょ？」

「だね」

トアとしても、《大剣豪》のジョブを持ち、あらゆる面で人間のスペックを凌駕《りょうが》するエルフ族のクラーラに、自分の剣の腕がどこまで通用するのか試してみたいという気持ちがあった。

ジリ、ジリ、とすり足で円を描くように互いの間合いを測っている。そんな時間がどれだけ経ったただろう。とうとう両者の動きに変化が起きた。

先制したのはトアだった。

大地を強く蹴り上げ、あっという間にクラーラとの距離を詰める。

「⁉」

これもまた神樹の影響なのか、トアの瞬発力は以前のゴーレム戦の時よりも段違いに速く、クラーラの反応は遅れてしまう。

それでも、高い身体能力に自信があるクラーラは、すんでのところでこれを回避。完全に虚を突いたと思っていたトアは思わず苦笑いをしてしまう。

「さすがだね、クラーラ」

「あなたも……この前よりずっと速いわよ」

「それでも、君には届かなかったよ」

「ま、これでも《大剣豪》のジョブ持ちなわけだしね。戦闘特化型の私が負けるわけにもいかないじゃない？」

「それもそうだな。——けど」

トアはグッと腰を落として剣を構える。

「次は必ず……君を捕まえる」

「っ！　つ、捕まえるって……いきなりそんなこと言われてもまだ心の準備が整っていないというか、いくらなんでも不意打ちすぎるというか……」

勘違いして照れまくった挙句、小声でよく分からないことを口にするクラーラ。

そんな状況を知らないトアは再び全力で突っ込んでくるが、意識が飛んでいるクラーラはよける素振りをまったく見せない。

「えっ⁉」

予想外の反応にトアは慌てて減速をするが間に合わず、そのままクラーラにぶつかってその場に倒れる。

「いてて……」

「ご、ごめんなさい！　ちょっとボーッとしちゃっ……て……」

クラーラは絶句した。

今、倒れたトアが自分にのしかかるような体勢になっている。簡潔にいえばトアに押し倒されているという状況だった。

ほんの数センチ先にトアの顔がある。

目を閉じていたトアだが、その目が開かれた時、思ったより近い距離にクラーラの顔があることに驚いて飛《と》び退《の》いた。

「ご、ごご、ごめん！　大丈夫だった？」

「あ、う、うん……私は平気」

まだ地面に体を横たえているクラーラを起こすため、トアは手を差し出す。その手をしっかりとクラーラが握り締めたところで、どこからか声が聞こえた。

「クラーラお姉ちゃ〜ん！」

「遊ぼ〜！」

銀狼族と王虎族の子どもたち合計七人が、クラーラの手を引いたり、だっこをお願いしたりとまとわりつく。子ども好きのクラーラは時間がある時、よく一緒に遊んであげていたため、子どもたちもクラーラによく懐き、先ほどのように「お姉ちゃん」と呼んで慕っていた。

「ははは、相変わらず人気者だな」

「笑ってないでなんとかしてよ」

口ではそう言っても、クラーラ自身満更ではない様子だった。その後、子どもたちを追ってさらに三人の子どもがやって来る。こちらは先に来た子たちよりも少し年上で、三人とも王虎族のようだ。

「にゃっ！　だ、ダメだよ、みんな」

「にゃ〜、クラーラお姉ちゃんは今村長さんと大事なお話をしているんだから」

「にゃにゃにゃ！　そうだよ。将来のための大事なお話をしているんだよ！」

お姉さんらしい振る舞いを見せる三人。

「クラーラさんにとって今がとっても大事な時期なの」

「振り向かせるためにも日々一生懸命努力しているクラーラさんのためにも、ここは身を退いて応援しましょう」

「………」

俯《うつむ》いているクラーラの肩がプルプルと震え出す。

その時、さらに別方角から声が。

「わふっ！　待ちなさい！　これ以上あなたたちの好き勝手にはさせないわ！」

乱入してきたのは銀狼族の少女三人組。

王虎族の少女三人組とほぼ同年代のようだ。

「わふっ！　トア村長に相応《ふさわ》しいのは我が銀狼族のマフレナお姉様なんだから！」

「わふわふ！　そうよそうよ！」

「わっふ〜、マフレナお姉様の『わがままぼでぃ』に村長もメロメロですよ！」

「にゃっ⁉　そんなことないよ！」

「にゃにゃっ！　そうだそうだ！」

「スタイルだったらクラーラお姉ちゃんだって――」

「「「………」」」

「そこで一斉に黙らないでよ！」

クラーラの悲痛な叫び声が空《むな》しく響き渡った。

◇　◇　◇

「まったくもう、あの子たちったら！」

銀狼族と王虎族の子どもたちを要塞村に帰した後、トアとクラーラは金牛を探し求めて屍《しかばね》の森の中を歩いていた。最初は文句を垂れていたクラーラだが、話題は徐々に別のものへと変化していった。

「それにしても、ランプを手作りしようなんてよく思いついたわね。おかげで要塞内が一層華やかになった気がするわ」

「評判いいみたいでよかったよ」

「そういえば、ランプ作りの手際の良さをゴランさんが褒めていたわよ。ひょっとして、前にもどこかでやったことがあるんじゃない？」

ハイランクモンスターがうろつく屍の森だが、すっかり慣れてしまっているふたりには怯《おび》えた様子は一切見られない。仲良くピクニックに来ているようなリラックスぶりだ。

「実は、俺が昔住んでいた村にあったお祭りからアイディアをもらったんだよ」

「お祭り？」

「収穫祭といって、秋にやるお祭りなんだ。その年が豊作となるよう願いを込めて、村民ひとりひとりが木彫りの人形を彫って、村一番の大木に飾るんだ。その後は朝が来るまで飲んで食べての大宴会」

「ふーん……なんだか面白そうね」

「うん。面白かったよ。一年で一番楽しみにしている日だったな」

子どもの頃の話になり、故郷シトナ村の情景が脳裏をよぎったその時、頭にポツポツと水滴が当たる感覚がした。

「これ……雨？」

「えっ？」

クラーラが両手を広げると、それが合図だったかのように雨脚は一気に強くなった。

「きゃあっ!?」

「うわわっ!?」

慌てて避難場所を探そうとするが、大粒の水滴が邪魔をして視界が利かない。おぼろげに映る景色の中に、トアは偶然洞穴を発見する。

「クラーラ！　あそこに洞穴がある！　一旦あっちへ避難しよう！」

「さ、賛成！」

トアの見つけた洞穴に逃げ込むふたり。そこはまるで地下迷宮のように薄暗かったが、念のため持ってきていた発光石ランプを使用し、洞穴の内部を照らし出す。

「結構奥まで続いているのね」

「気をつけて、クラーラ。ハイランクモンスターの住処《すみか》かもしれないよ」

「そうね。注意していきましょう」

トアの忠告を受けたクラーラは愛用の大剣を抜き、身構えながら一歩ずつ奥へと進んでいく。

「……特に何もいなさそうね」

「よかった。じゃあ、雨脚が弱まるまで、ここで待っていようか」

「そうね。そうしましょう」

ふたりは持ってきていたタオルで軽く体を拭き、曇天の空を見上げた。

「いつ止《や》むのかなぁ」

「本当に迷惑な雨よね。……でも、ちょっと懐かしいかも」

「懐かしい？」

「ほら、私たちが初めてあの要塞で会った時も、こんな感じの大雨の日だったじゃない。お互いずぶ濡《ぬ》れで」

「そういえばそうだったたね……」

クラーラの言葉に同意するトア。

自然な感じで受け流したが、一瞬、裸で暖をとっていたクラーラの姿を思い出してしまい、表情が固まってしまうが、なんとかやり過ごす。幸い、クラーラ自身は自分が裸を見られたということについては触れなかったので、大騒ぎに発展することはなかった。

その後、トアとクラーラのふたりはこれまでの思い出話に時間を忘れて夢中となった。しばらく話していると、不意にトアが洞穴の奥へと視線を向ける。

「な、何？　どうしたの？」

「いや……今、何か奥で物音がしたような」

「ちょ、ちょっと、やめてよ！」

　クラーラの制止を聞かず、トアはランプを片手に洞穴の奥へと進んでいく。先ほどは途中までしか調べなかったが、よく見てみると、この洞穴は奥へ行けば行くほど空間が徐々に広がっていることに気づいた。

「うん？　今また音が……なんだか水っぽい音みたいだけど……」

　先ほど聞いた物音が、今度はよりハッキリと聞こえた。その音がした方向へ視線を向けると、正体が判明した。

「なんだ……垂れた水滴が岩の上に落ちる音か……クラーラ、大丈夫だからちょっとこっちへ来てくれないか？」

　危険性がないと分かると、トアはクラーラを呼び寄せた。

　まだちょっと不安を残しているクラーラは、ゆっくりとトアのもとへと近づく。

「こっちの方が広いし、風もしのげるよ」

「そ、そうね。……あら？」

　洞穴の奥へ足を踏み入れたクラーラはある物を発見し、首を捻《ひね》った。

「変わった色の岩ね」

「本当だ」

クラーラの言葉を聞き、視線を向けると、そこにはほんのりとピンクがかった岩石がいくつか点在していた。

「魔力を感じないところを見ると、魔鉱石の類ではなさそうね。この洞穴が特殊な環境にでもなっているのかしら」

「………………」

「？　トア？」

無言のままピンク色の岩を見つめるトア。クラーラが声をかけるが、すぐに反応を返すことはなかった。

「ねぇ、トアってば！」

「！　あ、ご、ごめん、クラーラ」

「そのピンクの岩に何かあるの？」

「いや……確か、養成所の教本で読んだ中に、こんな特徴を持った岩の記述があったんだけど……見た目からじゃ判断できないな」

トアは腕を組んでしばらく悩んだ後、思いついた解決策を口にする。

「ちょっと舐《な》めてみようかな」

「な、舐める⁉」

ピンク色の岩に顔を近づけるトアを、クラーラは必死で制止する。

「や、やめた方がいいわよ！」

「いや、でも」

「毒とかあったら大変じゃない！」

「あっ……」

クラーラの心配はもっともだ、とトアは顔を岩から離す。

何か別の方法で確かめられないかと悩むトア。しかし、そうこうしている間に雨は上がり、雲間から太陽の光が洞穴の入口まで伸びてきていた。

「あ、もう雨止んだみたいね」

「本当だ。よし、じゃあ村へ戻ろうか」

「この岩はどうするの？」

「急を要するものでもないし、そのうち思い出すかもしれない。それに、今は早く戻らないと。帰りが遅くなってみんなが心配するといけないからね」

「トアがそれでいいならいいけど。あーあ、それにしても、今回は雨のせいで狩りの成果ゼロだったわ～」

残念そうに言うクラーラはそそくさと洞穴から外へと出ていった。トアとしても、後ろ髪を引かれる思いではあるが、これ以上時間をかけて夜になっては、先ほどクラーラに言ったように村のみんなが心配するだろう。

場所は村から近い位置にあるし、目印となる特徴的な大木もそばに立っている。戻ってくることは容易だろうと判断し、調査は改めて行うことにした。

◇　◇　◇

村へ戻る頃にはすっかり夕焼けとなっていた。

夕飯の支度を手伝おうと調理場へと向かおうとしたトアとクラーラであったが、そんなふたりを呼び止める少女がいた。

「あ、ちょうどいいところに！」

ジャネットだった。

「何かあったのか、ジャネット」

「はい。実はトアさんに見てもらいたいものがありまして」

「見てもらいたいもの？」

トアとクラーラは顔を見合わせる。

ドワーフ族であるジャネットが見せたいものといえば、新しい要塞村の施設に関する図面か、新しく作った武器のどちらかである可能性が高いが、あえて「見てもらいたいもの」と存在をぼかすあたり、何か驚かせようとする魂胆が隠れていると思えた。

「勿体《もったい》ぶらないで教えなさいよ、ジャネット」

「来てからのお楽しみですよ、クラーラさん。ささ、地下迷宮へ行きましょう」

「地下迷宮？　工房じゃないの？」

「ええ。……そろそろ戻ってくる時間でしょうから」

「「？」」

トアとクラーラは再び顔を見合わせ、今度は同時に「何が戻ってくるんだ？」と首を捻るのだった。


地下迷宮の入口がある部屋へ行くと、すっかり内装は様変わりしていた。

暗くて近寄りがたく、おまけにちょっとカビ臭かった場所は、清潔になり、テーブルの上には花瓶まで置いてある。

「あの薄気味悪かった部屋が……驚いたわ」

「ああ……武器屋と宿屋のロビーを合わせたみたいだ」

クラーラとトアは感心しながら呟《つぶや》く。

テレンスをはじめとした冒険者たちに、このような配慮はなかなかできないだろう。恐らく、こうするように指示をした人物がいるはずだ。

その人物が、トアたちの前に姿を現した。

「ごきげんよう、トア村長。あら、クラーラさんにジャネットさんまでいらしていたのですわね」

今やこの地下迷宮の看板娘となった幽霊少女アイリーンだった。

「やあ、アイリーン。みんなとの生活は慣れたかい？」

「おかげさまで、楽しくやっていますわ。みなさんとても親切ですし……こんなことなら、もっと早く地上に顔を出すべきでしたわ」

アイリーンはすっかり要塞村を気に入ったようだった。村民たちも、幽霊でありながらも、礼儀正しくて明るいアイリーンを快く受け入れており、地下迷宮入口の雰囲気がよくなると、彼女を目当てに訪ねてくる者も出始めていた。

「それで、今日はみなさんお揃《そろ》いでどうしたんですの？」

「トアさんたちに新しくなったフォルをお見せしようかと」

「え？　新しいフォル？」

ジャネットは平然と言ってのけたが、「新しいフォル」という言葉の意味が読み取れず、トアとクラーラは混乱する。その様子を見たジャネットが、さらに詳しい説明を始めた。

「この前、トアさんたちが初めて地下迷宮へ潜った時、フォルに関する書類を発見したじゃないですか」

「ああ、あれね」

「あの書類なんですが……実はフォルの強化計画に関する情報が書かれたものだったんです」

「フォルの強化？」

メガネをクイッと指であげながら、ジャネットは続ける。

「この書類によると、今ここにいる試作型の自律型甲冑《かっちゅう》兵にさらなる武装と長時間の要塞外活動を可能とする強化計画があったそうです。名付けて《フルアーマー・フォル》といったところでしようか」

「フルアーマー……なんか重厚そうな名前ね」

徐々に熱がこもってきたジャネットに対し、クラーラは苦笑いを浮かべながら話に耳を傾けていた。

「私たち鋼の山のドワーフが意地と誇りをかけて改装はできましたが……どうやらまだ不完全のようです」

「そうなのか？」

「はい。これと同じような改装計画に関する書類が、少なくともあと五枚はこの地下迷宮のどこかにあるはずなんです」

「それが揃えば……フォルを強化できるってわけか」

「本来旧帝国側が思い描いていた、完璧な姿になるでしょうね」

「それは凄《すご》いな……」

「完全体となったおじさま……わたくしも見てみたいですわ！」

話を聞いていたアイリーンまで興奮し出す。

トアたちがフォルの話題で盛り上がっていると、部屋の奥にある地下迷宮へと続く階段を上がってくる複数の足音が聞こえてきた。

「あ、戻ってきたみたいですわ！」

おじさまと呼び慕っているフォルが帰還したことで、アイリーンは嬉しそうに叫ぶ。やがて、階段から冒険者たちが続々と顔を見せる。その中にはフォルもいた。

「フォル！」

「おや、マスターではないですか。それにクラーラ様まで」

「……何よ。全然変わっていないじゃない」

足元から頭の先まで目でチェックしたクラーラが不満そうにそう漏らした。

「はて？　変わっていないとは……ああ、僕の素晴らしい新機能について、ジャネット様から聞いたのですね」

「うん。あの旧帝国の技術力だから、もしかしたらとんでもないことになっているんじゃないかと思ったけど……外観はあまり変わらないね」

トアの言う通り、外から見ただけではどのような機能が追加されたかはまったく見当もつかなかった。しかし、ジャネットの様子を見る限り、これまでになかった驚くべき新機能が搭載されているようだ。

その効果は、まず一緒に地下へと潜った冒険者が証言した。

「トア村長！　新しいフォルは凄いぞ！」

リーダーのテレンスがそう口火を切ると、若者たちが続く。

「こいつがいてくれたおかげで俺たちの探索はもっと楽になるってもんよ！」

「ありがとうよ、フォル！」

「みなさまのお役に立てたようで、僕も嬉《うれ》しいです」

一緒に地下迷宮へと潜った冒険者たちから次々と賞賛の言葉を贈られ、フォルも満更でもないようだ。

「……で、具体的にどこが新しくなったのよ」

周囲から絶賛されているが、その新しい機能とやらをまったく知らないクラーラが尋ねると、フォルは肺もないくせに「コホン」と咳払《せきばら》いをしてから答えた。

「僕に新しく加わったのはサーチ機能です」

「サーチ機能？　何それ？」

「使い勝手はいろいろありますよ。例えば、距離が限られますが、地下迷宮に落ちているアイテムの場所を正確に計測できたり、床が抜け落ちないか強度を確かめられたり、溜《た》まっている水の成分を調べ、毒性などをチェックすることもできます」

調べるということに特化したフォルの新機能。それは、地下迷宮に潜る冒険者たちにとってはありがたい存在だった。

「次は実演をしてみせましょうか――クラーラ様」

フォルは新しく搭載されたサーチ機能の性能を実際に使って見せると言い、なぜかクラーラの名を呼んだ。

「な、何よ」

クラーラがフォルをジッと見つめる。すると、フォルの兜《かぶと》の目の部分が赤く発光し始めた。今まさに、サーチ機能でクラーラを調べている最中らしい。

数秒後、フォルは何度か頷《うなず》いた後、サーチ結果を発表した。

「ズバリ、今日の下着の色は緑ですね？」

フォルが派手にポーズまで決めて宣言するが、当のクラーラはフッと鼻で笑う。

「あんたのサーチ機能とやらはそれでちゃんと機能しているの？　残念ながらハズレ。今日の私の下着の色は水色よ！」

「なるほど。水色の下着を着用しているのですね？」

「だからそう言って――っ⁉」

そこで、クラーラは自分がとんでもない発言をしていることにようやく気づく。慌ててトアへと視線を移すと、わざとらしくこちらから視線を外していた。

「まあ、そもそも下着の色なんて判別できないんですけどね」

その一言で、自分がおちょくられていたことを完全に理解したクラーラは、強烈な回し蹴りでフォルの頭部を吹っ飛ばす。

一方、トアはサーチ機能の性能を耳にした瞬間、あるアイディアを思いついた。それを実行しようと、床に転がった頭をつけ直しているフォルへと声をかける。

「ねぇ、フォル」

「皆まで言わなくても分かっていますよ、マスター。同じ手口で、今度はマフレナ様の下着の色を探ればいいんですね？」

「全然違うよ！」

「おっと失礼しました。マフレナ様は下着をつけない派でしたね」

「……え？」

「何ちょっと反応してるのよ！　ちゃんとつけているわよ！」

不覚にもフォルの誘導に引っかかってしまったトアは、心の中でマフレナに深く謝罪をし、猛省する。

気を取り直して――トアは雨宿りのために立ち寄った洞穴で見つけたピンク色をした岩の話をフォルへ語った。

「ピンク色の岩ですか……」

「うん。それで、フォルにはその新しいサーチ機能とやらを使って、岩の成分を調べてもらいたいんだけど……できる？」

「お安い御用ですよ、トアさん！」

フォルよりも先にジャネットが反応した。

「サーチ機能を使えば、そのピンク色をした岩の正体くらいすぐに分かります！」

「そ、そうなんだ。じゃあ、明日にでも一緒に洞穴へ行ってくれるかい？」

「マスターの願いとあれば喜んで」

「あ、わ、私も行くわ！」

「私もついていきます」

クラーラとジャネットも成分調査へ同行すると宣言する。

「じゃあ、時間は午後からにしようか」

それはフォルの連続稼働時間を考えての提案だった。

神樹から得られる魔力で動くフォルは、神樹のある要塞村を出ると五時間で魔力が切れてただの甲冑へと戻ってしまうのだ。

しかし、そんなトアの配慮に対し、ジャネットは静かに首を横へと振った。

「その心配なら無用ですよ、トアさん」

「うん？　どういうこと？」

「フォルの稼働時間についての強化案も発見されているのです！」

「そ、そうなの⁉」

「はい。仕組みとしては、神樹から放たれる魔力を遠くにいても取り込めるようにするものなのですが、これが、思ったよりも簡単にできたんです。おかげで、連続稼働時間を劇的に伸ばすことが可能になりました」

「劇的って……どれくらい？」

「約十年です」

「じゅ、十年⁉　それは凄いね……」

「なので、朝からフルパワーで働けますよ、マスター」

力こぶを作るような仕草を繰り返し、フォルはパワーアップを強調する。

「頼もしい限りだよ、フォル」

「そのお言葉、身に余る光栄です」

深々と頭を下げるフォル。

その横では、アイリーンが「うぅ、わたくしも行きたかったですわ……」と残念そうに肩を落としていたが、フォルの「お土産を持って帰ります」の一言で、テンションは一気に最高潮へと達するのだった。

◇　◇　◇

翌日。

件《くだん》の洞穴へとやってきたトア、フォル、クラーラ、ジャネットの四人。

「凄い……本当にピンク色ですね」

「僕も実際にこうして目にするのは初めてですね」

ジャネットとフォルは半信半疑だったようだが、実物を目の当たりにすると不思議そうに岩を眺めていた。

「もしこいつが俺の思った通りの岩だとしたら、要塞村にとって欠かせない財産になり得るかもしれない……その証明を、フォルの新しい力でやってもらいたいんだ」

「財産？　これが？」

「また随分と大きな表現をしましたね」

そんなバカな、と今回ばかりはトアの言葉に疑問を抱いている感じの反応を見せるクラーラとフォル。だが、どう見てもただの岩のようにしか見えないので、ふたりの反応は至極当然のものといえた。

「あくまでも俺の狙い通りなら、ね。ただ、もしその通りだったらそれくらいの価値は確実にあるよ」

「そこまで言いきられてしまうとなんだかプレッシャーを感じますね。マスターの期待に応えられるような結果であることを願います」

自信満々に語るトアに圧倒されながらも、フォルはサーチ機能を発動させて岩の成分を調べ始めた。

開始から五分後――ついにその正体が判明した。

「こ、これは……岩塩ですね」

「が、岩塩？　ということは、これって塩なんですか⁉」

「嘘《うそ》ぉ⁉」

フォルの口から語られる予想外の結果に、ジャネットとクラーラも信じられないといった表情でピンク色の岩を見つめる。

そんな三人のリアクションを尻目に、トアは想定していた通りの結果が出たことで満足げに頷いていた。

「やっぱりそうだったか」

「驚きましたよ。どうやら、この洞穴には岩塩鉱脈が眠っているようですね」

「どれくらいの量が埋まっているか測定できるか？」

「具体的な数値は分かりかねますが、地層などの状態から、少なくはないと考えて間違いないでしょう。洞穴の奥をよく調べれば、もっと出てくると思います」

「本当⁉」

サーチ機能によってもたらされた情報は、トアの想定していた答えよりもずっと喜ばしいものであった――が、喜ばしい報告はまだ続く。

「しかも、成分の数値から、かなり上質の塩であることが分かります」

「上質な塩か……さすがに成分までは頭になかったけど、嬉しい誤算だな」

量もあり、さらに上質だという岩塩。その情報を耳にしたトアは、安堵《あんど》のため息を漏らしながら笑顔を浮かべていた。

「しかし、よくこれが岩塩だと分かりましたね」

「確信があったわけじゃないけどね。教本に載っていた特徴と一致していたからもしかしてって思ったんだ。そうだ。ここにある塩は今の状態のままでも食べて大丈夫かな？」

「問題ありません。岩自体が塩の塊みたいなものですからね。直接舐《な》めても体に害はありませんから安心してください」

フォルからお墨付きをもらったトアは、早速洞穴内部にある岩塩を運び出す準備をするため、再び村へと戻って道具と人員の用意を始めた。

洞穴に眠る財宝――岩塩鉱脈。

あちこちにあるピンク色をした岩のすべてが岩塩だということで、とりあえず手当たり次第に削っていき、村へと持ち帰ることにした。

もちろん、一度に大量に取りすぎることなく、上限を決めて必要な量だけを持ち帰り、あとは自然のままに放置しておくことにした。

要塞内に転がっていた荷車をトアがリペアで修復し、それに必要な量の岩塩を詰め込んでいったのだが、そこでクラーラがあることに気づき、フォルへそれを伝えた。

「なんだか少なくない？」

「これでも十分ですよ。塩は料理以外にも使いますから、少なく見えてしまうのは仕方がないのですが」

「えっ⁉　塩って料理以外にも使い道あるの⁉」

「例えば、除菌や消臭といった効果も期待できますよ。もちろん、それ以外にも利用法がいろいろとあります。塩には無限の可能性が秘められているのです！」

塩の有効活用について熱く語るフォル。ますます、元は戦闘用に作られたとは思えなくなってくる。

「フォルは今のところ、この塩をどう利用する気なんだ？」

トアからの冷静な問いかけに、フォルはハッと我に返った。

「僕としたことが申し訳ありません。料理を含む家事全般の話題になるとどうしても熱くなってしまうようで」

反省したフォルは、とりあえず今から持ち帰る分については狩りや漁で手に入った食材や、大地の精霊たちが管理する農場の野菜などに使用し、残りは保存食を作る際に使うということをトアへ報告した。

数時間かけて作業を終え、村へと戻る途中で、バッタリと数匹のモンスターに遭遇するが、トアは慌てることなく、笑顔で手を振った。彼らは知恵の実を食べ、知性を身に付けた要塞村に住むモンスターたちだった。

先頭にいたオークへ、トアはフレンドリーに話しかける。

「やあ、メルビン。今から帰り？」

メルビンと呼ばれたオークは同じように笑顔で返事をする。

「トア村長！　見てください！　こんなにたくさん魚が獲《と》れましたよ！」

そう言って、背後にいる数匹のゴブリンたちへと視線を向ける。それを受けたゴブリンたちは手にした網を誇らしげに掲げてみせた。

彼らモンスター組は要塞村での仕事として漁を行うことになっていた。

村に住むようになってからは、銀狼族や王虎族の若者たちに漁業の仕方を教わっていたが、慣れない作業に悪戦苦闘し、最近になってようやくマスターできたのである。そして、実は今日がモンスターたちにとって単独での漁業デビューの日でもあったのだ。

「おお！　初の漁でこんなにたくさん獲れるなんて凄《すご》いじゃないか！」

「いえ、教えていただいた銀狼族や王虎族の方々の指導がよかったのですよ」

トアたちと一緒に岩塩の運搬作業をしている銀狼族と王虎族の若者にお辞儀をしながらそう謙遜するオークのメルビンにゴブリンたち。

メルビンとは、「名前をつける」という彼らとの約束を守ったトアが与えた名前であり、ゴブリンたちにもそれぞれきちんと名前をつけた。これまで、他者を名前で呼んだことのなかった彼らはそれが嬉《うれ》しいらしく、トアからもらった名前をとても大切にしていた。

「どれもいい大きさですね。調理し甲斐《がい》があります！」

「本当ね。食べ応えがありそうだわ！」

ゴブリンたちの持った網に入っている魚を見ながら、フォルとクラーラはそれぞれ違った理由で瞳を輝かせていた。

モンスターたちの収穫成果をチェックしていると、遠くからこちらへ近づいてくる複数人の影が見えた。

「わふ？　みなさん、集まってどうしたんですか？」

マフレナたち狩猟組とも鉢合わせた。

「わふふっ！　凄いです！　大きな魚がこんなにたくさん！　メルビンさんたちの漁は大成功だったみたいですね！」

網を覗《のぞ》き込んだマフレナが叫ぶと、狩りに参加していた銀狼族の若者たちからも「見事なものだな！」、「やるじゃないか！」などと称賛の声が相次いだ。

そのマフレナたち狩猟組ももちろん手ぶらではない。

仕留めたのは翡翠《ひすい》豚という体長五メートルはあろうかという巨大種の豚が二匹。いずれも一般では高級食材として扱われている。

「こ、これを仕留めたのか……」

「へへへ、なかなか骨のある相手でしたが、こっちのはマフレナさんの強烈なキックを脳天に食らってダウンですよ！」

「あっちのはマフレナさんの強烈なパンチを脇腹に食らってぶっ倒れました！」

「さすがはマフレナさんだ！」

「もともと戦闘能力は高かったけど、要塞村で生活するようになってから一段と強くなった気がするな！　あ、それから、食べられそうな山菜もいくつか採ってきましたよ！」

共に狩りへ出た銀狼族たちはマフレナの大活躍にご満悦だった。その光景は年の離れた妹を見守る兄たちといった感じで微笑《ほほえ》ましい。その横では、フォルが巨大豚を使用した料理の構想を練っていた。

「ほほう、豚肉ですか。こいつの塩漬けはまた絶品なんですよ。特にお酒を嗜《たしな》む人たちにとってはいいつまみになるでしょう」

「ジンさんやゼルエスさんが喜びそうだね。あ、それからローザさんも」

「ああ、もう！　こんなにおいしそうな食材ばかり見ていたらお腹空《なかす》いてきたわ！　早く村に戻って食べましょうよ！」

　空腹が我慢の限界に達したクラーラが橙《だいだい》色《いろ》に染まり始めた空へと叫ぶ。その訴えを耳にしたトアたちは声を揃えて笑い、それぞれが得た獲物を手にして要塞村への帰路へと就いたのだった。

◇　◇　◇

　手に入れた食材を調理場へと運び入れ、フォルを中心にすぐさま料理を開始した。

「今回の料理の味付けは岩塩をベースにさっぱり系でいきましょう。最近だんだんと暑くなってきていますし、汗をかいて失った塩分補給にもちょうどいいと思います」

「だね。よーし、俺はまず魚をさばくよ」

「あ、私も手伝うわ」

「クラーラが？　できるの？」

「失礼ね！　この前、川でさばいていたところを見て覚えたから大丈夫よ！」

　愛用の大剣から包丁へと持ち替え、自信たっぷりのクラーラはトアと横並びになって調理を始めていく。

「なるほど。ふたりで初めての共同作業ですか。それだとまるで――」

「…………」

「クラーラ様、無言のままこちらに包丁の先を向けないでください」

軽くクラーラをいじったところで、フォルは本来の役目へと戻っていった。

「では、魚はおふたりに任せるとして、僕は豚の調理から手をつけましょうか。マフレナ様、それに銀狼族のみなさま、手伝っていただけますか？」

「わっふ！　お任せです！」

「「「「任せろ!!!!」」」」

気合十分のマフレナ&銀狼族たちを引き連れ、巨大豚の解体を始めたフォル。

しばらくすると、大地の精霊たちが収穫した野菜を調理場へと持ってやってくる。

「本日の収穫はトマトにダイコンにキュウリ……どれも瑞々《みずみず》しくておいしそうね！」

それを受け取ったクラーラは合流した村の奥様方へとパス。収穫した野菜たちはサラダにするため、包丁などを使って手際よく刻んでいき、トアがクラフトで作った大きな皿の上へと盛り付けていった。

「これだけ新鮮ならば塩と少々の植物オイルで十分ですね」

大きな豚肉の塊を担ぎながら、フォルはサラダに洞穴から持ってきたピンク色の岩塩を振りかけた。

「いくらなんでもそれだけっていうのは……どうなの？」

「でしたら試しに食べてみてください」

「どれどれ……あれっ!?　おいしい!?」

想像以上の味に驚きつつ、クラーラは「も、もう一口！」と言っては次から次へと野菜を口の中へと放り込んでいく。

「たったあれっぽっちの量なのに、しっかり味がついている……ほとんど生で食べているのと変わらないはずなのに、また違った味わいね！」

「クラーラ様、おいしいのは分かりましたが、それ以上食べると他の方の食べる分がなくなってしまいます」

「っ！　そ、そうね……でも、本当に手が止まらなくなる感じだったわ」

これまではフォル特製のドレッシングを使っていたり、新鮮さを重視して生でそのまま食したりするケースがほとんどだったが、岩塩と植物オイルをちょっとかけるだけでまた違った味わいとなり、新しい選択肢が増えた。

続いて、トアが捌《さば》き終わった魚に鉄製の串を刺していき、それを火にかけていく。準備が整ったら、フォルがその上から岩塩を振っていった。

「またシンプルな味つけね」

「ですが、これがまたおいしいのですよ」

すでにサラダという実績があるため、クラーラも調理についてはケチをつけず、魚が焼きあがるのを待っていた。

「ところでフォル、豚肉はどうなった？」

「豚肉は僕の特製ダレにつけたポークステーキにする予定です」

「ステーキか……いいね。おいしそうだ」

「超巨大ブロック肉をそのまま焼き上げ、クラーラ様にお願いし、その場で大剣を使用しての切り分けを行うというちょっとしたイベントもありますよ。残ったお肉は塩を使って調理します」

フォルが指さした先にあったのは、細かく砕いた大量の岩塩に沈む豚肉だった。

「あれって……」

「豚肉の塩漬けです。かつて、旧帝国では保存食として一般家庭でも作られていたポピュラーな料理ですよ」

「へぇ、豚肉の塩漬けか……完成までどれくらいかかるの？」

「少なくとも一週間は漬けておきます」

「そ、そんなに!?　腐ったりしないの!?」

「問題ありませんよ。もちろん、衛生面については僕が徹底した管理を行っていくのでご安心ください」

フォルは自信満々に胸を叩いた。料理に関してはフォルの自信を信じても大丈夫だろうと判断したトアは、「一週間後を楽しみにしているよ」と背中を叩《たた》く。

その時、調理場に新たな客がやってきた。

「なんじゃ？　随分と賑やかじゃな」

ローザだった。

「今日も変わらずいい食材を集めて――む？」

狩りの成果を眺めていたローザの足が、岩塩の前に来た時ピタリと止まった。

「こいつは……」

「ああ、それは要塞村の近くにある洞穴から持ってきた岩塩ですよ。……どうかしたんですか？」

岩塩を神妙な面持ちで眺めていた。

「この岩塩……微量ながら、魔力を感じるのぅ」

「えっ!?」

魔法のスペシャリストである《大魔導士》のジョブを持つローザが言うのだから間違いはないのだろうが、さすがに信じがたかった。

「要塞村からの位置が近いのなら、神樹の魔力が影響を及ぼしておるのじゃろう」

「そ、そんなに影響力が……」

「それくらいでなければ、終戦後に各国が自軍の戦力に引き込もうと躍起になったりはせんよ。もっとも、まともに力を引き出せたのは《要塞職人》のジョブを持つお主だけじゃがな」

ローザは「かっかっかっ！」と高笑いした後、塩を少し摘まんで口の中へと放り込む。

「うむ。間違いない。魔力があるぞ」

「それが神樹の魔力というなら……その塩には疲労回復効果があるってことですか？」

「その通りじゃ。……それにしても、魔力が込められた塩が採れる場所なんぞ、世界でここだけじゃろうな」

「た、確かに……」

「これもまたお主のジョブが成したことでもあるのじゃ。ほれ、もっと胸を張れ！」

トアの背中を笑いながらバシンと叩くと、ローザは「飯の時間を楽しみにしておるぞ」と言い残して去っていった。

「いやはや、マスターの持つジョブの力には毎度驚かされます」

「本当よねぇ」

「あはは、俺自身も凄く驚いているよ」

このジョブと神樹ヴェキラの持つ魔力には、無限の可能性が秘められている。

トアは改めて、そのことを実感するのだった。


料理が完成すると、食卓の準備が進められている宴会場へと運ばれた。

トアが新しく見つけた岩塩を使用した料理が来るという噂《うわさ》はすでに村中に轟《とどろ》いており、料理が姿を見せるといつも以上の歓声が沸き起こった。

そして、すべての準備が整うと、乾杯と共に宴が始まる。

「これが要塞村の近くにあるという、魔力を含んだ岩塩鉱脈から採取した塩を使った料理……一見すると普通の料理と変わりませんが……」

「わふっ！　私も味見をしましたけど、全然違いますよ！　とってもおいしかったです！」

「で、では……」

マフレナの言葉を受けて、ジャネットは黒縁のメガネをクイッと上げると彩り鮮やかなサラダに手をつけた。

「⁉　お、おいしい～」

一口食べただけで、ジャネットは要塞村製岩塩を使用した料理を気に入った様子だった。それは他の村民も同じようで、次から次へと大皿に盛られたフォル特製料理に手を付けていく。

「普段の料理も絶品だが、こいつはまた違った味わいでいいな！」

「さっぱりしていて酒にもよく合う！　これならいくらでも食えそうだ！」

「ははは、おまえがいつも以上に食ったらあっという間に食糧が尽きるぞ！」

新しい料理に舌鼓を打ちながら、その味を絶賛する村民たち。その光景を、今や要塞村の料理長となっているフォルは満足げに眺めていた。

「みんなおいしいってさ、フォル」

「料理人としてその言葉に勝るものはありませんね」

「……ついに料理人と自覚したわね」

「マスターから要塞村の調理場を預かった以上、僕は最高の料理人を目指しますよ」

「まったく……調子のいいヤツね。あーあ、私もお腹空いたし、食べてこよっと」

そう言って、クラーラはマフレナやジャネットのもとへと走っていく。

「さて、俺も食べようかな」

「お供しますよ、マスター」

その後を追いかけるように、トアとフォルも女子三人のもとへと向かうのだった。

閑話　エステルの決断

要塞村が地下迷宮や岩塩の話題で盛り上がっている頃。

大陸の北の果てにあるソーレン岬に、その少女の姿はあった。

「光の矢よ。主である我の願いを聞き入れ魔を滅せよ——はあっ‼」

フェルネンド王国聖騎隊所属のエステル・グレンテスは、得意の魔法で岬近くの森に巣食ったゴブリンの群れを一掃する。彼女が呼び出した無数の光の矢によって、ゴブリンたちはあっという間に全身を撃ち抜かれて死亡した。

「す、凄ぇ……」

同行した聖騎隊の先輩兵士たちは、エステルの底知れぬ実力を目の当たりにして開いた口が塞がらない。ひとつの魔法で五十体以上いたゴブリンを瞬《まばた》きする間に葬り去ったエステルだが、その表情は冴《さ》えなかった。

「だいぶ手加減したはずなのに、森の木々があんなになぎ倒されて……まだまだ修行が足りないわね」

項垂《うなだ》れ、そう呟《つぶや》くエステル。ゴブリンたちを一掃したことよりも、それによって生じた自然破壊に胸を痛めていたのだ。

その背後では兵士たちがさらに大きく目を見開いて驚く。

「あ、あれで全力じゃなかったのか……」

それが全兵士共通の意見であった。

《大魔導士》というジョブがとんでもない力を秘めているというのは知っていた。現に聖騎隊の中にはわずか数名であるがエステルと同じ《大魔導士》のジョブを持つ者はいる。だが、ハッキリ言ってエステルの実力と比較すると見劣りしてしまう。

任務を果たしたエステルは、聖騎隊が遠征している間に寝泊まりや武器などの保管を目的に設営されたテント群へと戻ってきた。

その中でひと際大きなテントへと入ると、そこには彼女が所属する小隊のリーダーを務めているヘルミーナ・ウォルコットが待っていた。

エステルは早速ソーレン岬での戦闘報告を行った。

「そうか。相変わらず、見事な手並みだったな」

「いえ、そんな……」

謙遜するエステルだが、彼女が実戦に参加するようになってからの成長は目覚ましく、その活躍ぶりは国王の耳にも届いているほどだ。

「君の力にはいつも驚かされる」

「ありがとうございます、ヘルミーナ隊長」

「王国内ではすでに『枯れ泉の魔女の後継者ができた』とお祭り騒ぎだ」

「枯れ泉の魔女様……伝説の八極の後継者だなんて、まだまだ若輩者である私には勿体《もったい》ない栄誉です」

上官であるヘルミーナから手放しに称賛をされても、エステルが気を緩めることはない。さらなる高みへの飛躍を目指す彼女は、まだまだ自分が実力不足だと感じている。そのためにも、まだまだ修行しなければと。

「とりあえず、後のことは他の連中に任せるとして……我々には一度王都へ帰還するよう命令が下った」

「え？　で、でも、まだ作戦の途中では？」

「作戦は続行する。戻るのは私と君のふたりだ」

「っ！　わ、私、何かミスを⁉」

王都への帰還が懲罰の意味であると考えたエステルは、ヘルミーナへ詰め寄る。だが、そんなエステルを見たヘルミーナは「ははは」と笑って経緯を説明する。

「いくら優れたジョブを得ていても、まだ配属されて間もない新米兵士が一ヶ月以上も遠征に参加している現状は異例中の異例だぞ？　そろそろ蓄積された疲労で体が悲鳴をあげる頃だ。動けなくなる前に王都へ戻ってしっかりと休養を取らないと」

それはヘルミーナの気遣いであった。もちろん、体だけのことを心配しているのではない。ヘルミーナはエステルのメンタル部分のケアも考えていた。

「王都には想《おも》い人がいるのだろう？」

「！　ど、どうして⁉」

「君は意外と分かりやすい性格をしているからな」

「そ、そうでしょうか……」

想い人とはもちろんトアのことである。

エステルは魔獣に村が襲われるずっと前からトアのことが好きだった。

村でたったひとりしかいない年の近い男の子――そういったフィルターがかかっているのではなく、純粋にひとりの男性としてトアを意識している。

だから、トアが《洋裁職人》と診断され、遺失物管理所送りになってからも、ずっと彼のことを気にかけていた。

しかし、エステルはトアにどう話しかけたらいいのか分からなかった。

《大魔導士》となった自分が何を言っても、彼にとっては嫌味《いやみ》に聞こえてしまうかもしれない。本当は訓練や任務のことについて、笑顔でトアに報告をしたい。けれど、自分のそうした行為が彼を知らず知らずのうちに傷つけてしまうかもしれない。こうしたジレンマが積み重なって、なかなかトアと会えずにいた。

そんな中でやってきた今回の遠征任務。

しばらく王都を留守にしていたが、その間、これまでのことを振り返って、エステルはある決意を固めていた。

『帰ったら、トアに会って……私の想いを伝えよう』

その想いを胸に、今日まで頑張ってきたのだ。

「では、明朝にも王都へ向けて出発するとしよう」

「は、はい！」

嬉しさを隠し切れず、思わず頬《ほお》が緩むエステル。

その時、テントへ新たにふたりの若者が入ってきた。

「失礼します、ヘルミーナ隊長」

「部下のいい男二名、ただいま到着しました」

やってきたのはトアやエステルと同期であり、現在はヘルミーナの隊に所属するクレイブ・ストナーとエドガー・ホールトンだった。

「エドガーくん？　それにクレイブくんまで」

「なぜおまえたちがここにいるのだ？」

王都の防衛任務についているはずのふたりがなぜ遠く離れた北の地までやってきたのか、ヘルミーナはその理由を問う。

「実は……大至急ご報告をしなければならない事態が発生しまして」

滅多なことでは動揺しないクレイブが、瞳を揺らし、声を震わせてそんなことを言う。その横に立つエドガーも、先ほどの軽い調子が消え、神妙な面持ちでヘルミーナとエステルへ視線を向けていた。

ふたりの様子から、これは相当な大事件が起きたのだと察したヘルミーナは、そのまま報告するよう告げる。

ヘルミーナから報告をするよう指示されたクレイブは、少し間を空けてからエステルへと視線を移した。

「エステル……どうか、取り乱さずに聞いてもらいたい」

ただ事ではないクレイブの様子に、エステルはキュッと口を引き締めて尋ねた。

「何が……あったの？」

少しの間を置いてから、クレイブがゆっくりと事実を口にする。

「トアが聖騎隊を辞め、王都を出た。現在、全力で行方を追っているが、未《いま》だにその消息は掴《つか》めていない」

「っ⁉」

トアがいない？

クレイブの言葉を最初は理解できなかった。

しかし、その意味をハッキリと理解した時、エステルは目眩《めまい》を起こし、その場に倒れ込んでしまった。

倒れたエステルを空《す》いているテントへ運び終えると、クレイブとエドガーは再びヘルミーナのテントを訪れた。

「エステルの様子は？」

「今はテントで休んでいます。……ですが、心身ともに疲労が激しく、今後の作戦参加は難しいかと」

「そうか……やはり、相当疲労が溜《た》まっていたのだろうな。まあ、いい。王都へ連れ戻す理由が増えた。これで誰も文句は言うまい」

ヘルミーナは大きくため息をついた後、無造作に頭をかいた。そのせいで、美しい長い金髪は乱れてしまい、眉間に寄せられたシワは一層深いものへと変わってしまう。

「トア・マクレイグが聖騎隊を辞めて国を出たとは……」

もう一度大きくため息をつくと、ヘルミーナは天井を見上げた。

大型魔獣の襲撃を受けたシトナ村の生き残りであるトア・マクレイグという少年を、ヘルミーナは幼い頃から知っていた。まだ聖騎隊に入ったばかりの新米だった頃、魔獣に襲われた子どもたちを受け入れている教会へ剣術の稽古をつけに行った際、同じく村の生き残りであり、精神的に大きなダメージを負っていたエステルを甲斐甲斐《かいがい》しく世話をしていた姿が特に印象に残っている。

さらに、剣術を教えてみると呑《の》み込《こ》みが早く、シスターの話では努力家で自主鍛錬を欠かさずに行っていたらしい。

それから時が経ち、聖騎隊へ入隊したという話を聞いたヘルミーナは再会を楽しみにしていたのだが、適性職診断で《洋裁職人》という役立たずのジョブであることが発覚した。それだけに留《とど》まらず、追い打ちをかけるように想いを寄せていたエステルがコルナルド家の嫡男と婚約を発表するという新聞記事を目の当たりにしてしまったことが、決定打につながったようだ。

「……気持ちは分からないでもないが、な」

「えっ？」

「いや、こちらの話だ。それより、クレイブ……その婚約話というのは——」

「もちろん捏造《ねつぞう》です。すでに記事を書いた記者は誤った情報を流布したということで、聖騎隊の取り調べを受けていますし」

「コルナルド家は絶対的な権力を手に入れるため、世界を魔獣から救うヒロインとして注目を集めているエステルを取り込もうという魂胆だったと思われます」

クレイブの報告に続き、エドガーが推察を述べた。

「……ディオニス・コルナルドは評判のいい男だ。世間が結婚と騒ぎ立てることで、エステルの気持ちが傾くと思ったのか」

「しかし、実際のところ、エステルはトアにゾッコンですからね。なんてったってこの俺を振るくらいですから」

冗談っぽくエドガーが言ってみせるが、クレイブとヘルミーナは無視して話を続けていた。

「なあ、おい……せめておまえは何かしら反応をしてくれよ。場を和ますジョークじゃねぇか」

「うるさいぞ、エドガー」

クレイブはまとわりつくエドガーを一蹴した。

「それで、肝心のトアの居所については？」

「とりあえず、うちの商会のコネクションをフルに活用して、大陸にある全港に渡航者記録を問い合わせてみましたが……そこにトアの名前はなかったようです。あのクソ真面目なトアのことだから、正規の手続きなしに船に乗り込んで不法出国なんてマネはしないでしょう」

「つまり……トアはまだ大陸内のどこかにいるということか」

「俺とクレイブはそう睨《にら》んでいます。……ただ、それでもかなりの範囲ですし、大陸から出ていないというのも憶測の域を出ませんね」

「結局のところ、手掛かりはほぼなし、か」

「面目ありません……」

エドガーは深々と頭を下げる。

「どうしてエドガーが謝る？」

「そうだ。おまえに非などない。……大丈夫だ。必ずトアを捜しだして呼び戻す」

「……そうだな。ったく、あの色男め。聖騎隊のアイドルであるエステルを泣かせるとは許せねぇな」

「ふっ、そうだ。おまえはそうでなくちゃな。それに、エステルだけでなく、俺だってトアを必要としている」

クレイブは澄んだ瞳で力強く宣言する。

「この迸《ほとばし》る想いを伝えるために、必ずや見つけてみせるぞ！」

「……クレイブよ。絶対にエステルの前でそのようなことは言うんじゃないぞ？」

熱意があるのはいいことだが、トアが絡むといちいち発言がアレな感じに聞こえるので、ヘルミーナは口頭で注意をし、気をつけるよう促すのだった。

◇◇◇

クレイブたちからの報告を受けた翌朝。

フェルネンド王都へ戻る支度を整えたヘルミーナは、エステルが休んでいるテントを訪ねた。

「エステル。私だ。ヘルミーナだ」

トアのことでショックを受けているのだろうが、心と体の傷をしっかりと癒すためにも一度王都へ戻る必要がある。無理にでも連れ帰ろうとするヘルミーナであったが、テントからエステルの返事は聞こえてこない。

「……まだ寝ているのか？」

寝坊による遅刻や無断欠勤とは無縁だったエステルらしくない。これもトアがいなくなったことが大きく作用しているのだろう。

「エステル……入るぞ」

念のため、中に入って状況を確認しようとするヘルミーナだが、そこには予想外の事態が待っていた。

「！　こ、これは……」

テントの中には誰もおらず、中央に設《しつら》えられた白いテーブルには一枚の紙が置いてあった。そこには、こう書かれていた。

『トアを捜しに行ってきます。今までお世話になりました』

それは、几帳面《きちょうめん》なエステルらしくない、荒れた文字で綴《つづ》られた置手紙だった。

第三章　要塞村図書館

その日は朝から雨だった。

「うーん……さすがにこんな日は狩りに行けないな」

「モンスター組のみなさんも漁業は休止していますし、精霊たちも残念そうに部屋の窓から外を眺めていますね」

トアたちの住むストリア大陸には、およそ一ヶ月に渡って雨季がある。

ここ数日、断続的に雨が降り、外での仕事を主にしている者たちはなんともやりきれない気持ちでいた。降りしきる雨の中でも、無理をすれば狩りを行えなくもないが、視界が悪く、鼻も利かない上に土砂崩れなどの危険もあるからと、村長トアが雨天時の狩猟について禁止令を出していたのだ。

幸いにも、食料事情についてはまだ余裕がある。

冷蔵可能な貯蔵庫にある程度保存はされているし、フォルが岩塩を使用していくつか保存食も作っていた。さらに、要塞内に生い茂った植物の中には果実もあり、おやつ代わりにそれを食べる者もいる。

「日数的に、あと三日もすれば雨のピークを越えると思うんだけど……」

「こればかりは天の采配ですからね」

トアとフォルは要塞廊下に設置された窓から灰色の空を眺めていた。すると、ふたりの少女がトアとフォルに近づいてきた。

「あれ？　トアにフォル？」

「わふっ！　おふたりともどうかしたんですか？」

クラーラとマフレナであった。

「いや、最近雨続きであまり外へ出ていないなぁって思って」

「そういえば早朝の自主稽古は？」

「雨だとちょっと、ね。部屋だと物が多いから剣術じゃなくて基礎体力強化のトレーニングはしているけど……クラークたちは、どこへ行くの？」

「私たちは地下迷宮へ行くつもりです」

「地下迷宮へ？」

「知らないの？　今地下迷宮で冒険をするのが流行《はや》っているのよ」

その話は冒険者代表のテレンスから報告を受けている。

なんでも、未知なる地下迷宮にロマンを求めて多くの腕自慢の村人たちが集結しているのだとか。

裏を返せば、これは村の運営がうまくいっている証拠でもある。

できた当初は狩りによる金牛の肉くらいしか食料供給の方法がなかったわけだが、最近はモンスター組による漁業や大地の精霊たちによる農業の成長が著しい。そのため、比較的安定して多くの食べ物を得ることに成功している。雨の日が続いても困らないくらいの保存食が用意できているのも、彼らの存在が大きかった。

ともかく、そういった事情になると、銀狼族や王虎族は一日中狩りに出る必要もなくなり、昼前には仕事を終えて戻ってきて、午後からはこの地下迷宮へ挑もうというのが最近の要塞村のトレンドとなっていたのだ。

「まだ解明されていない場所へ行って、貴重なアイテムを収集してきます！」

鼻息荒く語るマフレナ。

地下迷宮は現在、一階部分はほぼすべて村人たちが武器や防具を揃える待合室のような役割を担っており、テレンスたちはここを【第一階層】と呼んでいる。その下の階が、主に調査をする場所になっているわけだが、そこを【第二階層】と呼ぶようになっていた。

ただ、この第二階層にはモンスターが出現するという情報も来ている。

最初は不安に感じたトアだが、テレンス曰《いわ》く、第二階層に住み着いているのは銀狼族や王虎族の子どもでも倒せる雑魚ばかりなのだという。もちろん、これから詳細に調べていけばまた別のモンスターが現れるかもしれないが、現状、それほど強力なモンスターが出たという目撃情報はないらしかった。

といったわけで、第二階層はこれから冒険者を目指す者たちのいい練習場所――チュートリアル地点としての役割を担っていた。

「……なんだか楽しそうだね。俺も行っていいかな？」

「もちろん！　大歓迎よ！」

「マスターが行くなら僕も行きましょう」

「わふっ！　じゃあ、みんなで行きましょう！」

トアとフォルも地下迷宮の探索に加わることになり、その結果、合計四人でパーティーを組むことになった。

四人が地下迷宮第一階層へと向かっている道中、それまで何もなかった部屋に明かりが灯《とも》っていることにトアが気づく。

「あれ？　ここは……」

「以前、ジャネット様がマスターに提案していた新しい施設が確かこの位置では？」

フォルの言葉でトアは思い出す。

数日前、ジャネットが、新しく施設を開きたいから要塞村の空き部屋をひとつもらいたいと願い出ていた。あの時、机に広げられた地図でジャネットが「ここです」と指定していた部屋こそ、まさに目の前にある部屋だった。

「ジャネットの提案した新しい施設か……」

「何？　気になる？」

トアの呟きが耳に入ったクラーラは顔を覗《のぞ》き込みながら尋ねる。

「あ、いや……ごめん。ちょっと見て行っていいかな」

「構わないわよ。村長として、どんな場所か確認をしておく必要はあるでしょうし。それに、私も気になるし」

「わふっ！　私も気になります！」

「僕もです」

トアの提案に他の三人も賛同し、ノックをしてから部屋の中へと入った。

「トアさん！　それにみなさんも！」

何やら忙《せわ》しなく動き回っていたジャネットが笑顔で出迎えてくれた。さらに、そのジャネットの後ろにはとんがり帽子の魔女の姿もあった。

「なんじゃ、随分と大人数で来たのぅ」

枯れ泉の魔女ことローザはのんびりと紅茶を飲みながら本を読んでいる最中だった。

「ローザさん、今日はここで読書を？」

「これだけあるのじゃから当然じゃろう」

「え？　――わっ⁉」

一般住居用の部屋よりも広めの部屋の奥に並べられたのは二十近くある本棚。それにぎっしりとたくさんの本が詰められている。

「凄《すご》い数の本だね」

「百年以上かけて集めた自慢のコレクションですよ！　それに、ローザさんも何冊か寄贈してくださったんです」

「へぇ～」

読書が趣味であるトアは興味深げに本棚を眺めていた。

「実は、ここを要塞村の図書館にしようと思っていて」

「図書館？　いいね！　大賛成だよ」

要塞図書館。

読書が好きで、自らも工房で武器を作るかたわら執筆活動にも勤《いそ》しむジャネットならではの提案といえた。

「ただ本を読むだけでなく、勉強をしている人もいますよ。あそこにいるオークのメルビンさんとゴブリンのエディさんは朝早くから来て黙々と勉強しています」

見ると、室内にある横長のテーブルで、ジャネットの言った通りモンスターたちが文字の読み書きを練習していた。知恵の実を食べて人間の言葉を話せるようになったモンスター組は、さらに人間の文化に触れようとここで言葉の勉強をしているらしかった。

勉強熱心なモンスターたちに感心しつつ、さらに本棚を眺めていると、ある本を視界に捉えた途端、トアの動きがピタリと止まった。

「お？　これって新刊出ていたんだ」

「あ、いいですよね、それ。別の世界から転移してきた若者が優れた力を与えられて転移先の世界を平和に導く……まさに王道の作品です」

「ストーリーはもちろんだけど、キャラクターもいいよね。俺の場合、特にお気に入りなのは三巻から出てくる木こりのお爺《じい》さんなんだ」

「あっ！　いいですよね！　王国騎士団を退職して余生を楽しんでいる身でありながら主人公の修行に付き合ってあげる……滾《たぎ》る展開ですよね！」

　本のことになると周りを忘れて熱く語り出すふたり。

　そんなトアとジャネットを、クラーラたちは近くにいながら遠くに感じていた。

「……なんか、凄く盛り上がっているわね」

「わふっ……」

「共通の趣味というのは男女の距離を縮める最適アイテムといって過言ではないでしょう。マスターがこの要塞村で同じように読書の話題で盛り上がれる相手といえば……今のところローザ様とジャネット様しかいませんからね」

「「!?」」

　フォルの指摘に、クラーラとマフレナは即座に反応を示す。

「……ああー、なんか私、凄く本を読みたい気分になってきたわー」

「クラーラ様、さすがに露骨すぎます」

「べ、別に、私もジャネットみたいにトアと本の話題で盛り上がりたいとか、全然まったくもって思ってないからね！」

「わふっ！　私もジャネットちゃんのようにトア様と本のお話がしたいので、メルビンさんたちと一緒に勉強してきます！」

　そう言って、マフレナはメルビンたちのいる席へと向かった。

「…………」

「クラーラ様」

「っ！　な、何よ？」

「今のクラーラ様に必要なのはあの素直さですよ」

「うっさい！」

フォルからの正論を、クラーラは強引にねじ伏せる。

「ふむ。ここは本を読む場というだけでなく、学《まな》び舎《や》としての役割も果たせそうじゃな」

マフレナやモンスターたちが熱心に勉強している様子を眺めていたローザがそんなことを口にした。

「学校ねぇ……文字の読み書きくらいなら、私でも教えられるんだけど」

「えっ⁉　クラーラ様、人間の文字を読み書きできるんですか⁉」

「失礼ね！　ていうか、驚きすぎよ！」

大袈裟《おおげさ》なリアクションをとるフォルに猛抗議するクラーラ。

「私の住んでいたオーレムの森には、同年代の子たちで集まって、大人がいろんなことを教えるって風習があったのよ。人間でいう学校って仕組みを真似《まね》ているらしいんだけど」

「ああ、俺たちでいうと聖騎隊の養成所がそれだな。それにしても、村の子どもたちのための学校か……うん。いいね」

「私もそう思います！」

部屋を図書館にすべく改装していたジャネットも、トアたちの会話に出てきた学校設立について大賛成のようだった。

「子どもたちにいろんなことを教えてあげられる場所になるよう、改装計画を練り直したいと思います！」

「あ、それなら、俺も一緒にやっていいかな」

「ト、トアさんも一緒にですか⁉」

「うん。どんなふうに変わっていくのか気になるし、俺のリペアとクラフトも役に立てると思うんだ。ダメかな？」

「と、とんでもないです！　よろしくお願いします！」

ジャネットが発端となって始まった図書館オープンの計画は、新たに学校施設を併設するという追加要素を伴って、本格的に始動することになったのである。

◇　◇　◇

翌日も天候はあいにくの雨。

しかし、要塞村は活気に満ちていた。

朝食時、村の新しい施設として、図書館と学校を造るという計画が正式にトア村長から発表となり、大いに沸いたからである。

銀狼族や王虎族からの志願者にドワーフ族、そしてトアの他にクラーラ、マフレナ、フォルといった協力者も集い、いよいよ改装が始まった。

手始めに、部屋の模様替えということで、すでに置かれている家具を一旦外へ出し、内装から変更していくことになった。

トアはその作業を一旦他の村民に任せ、マフレナとフォルを連れて地下迷宮を訪れる。

「いらっしゃいませですわ、トア村長！」

幽霊であることを忘れてしまいそうなほど元気なあいさつをして出迎えてくれたのはアイリーンだった。

「テレンスさんから話は聞いていますわ！　ご依頼の品に関してはこちらにまとめておきましたのでご覧ください！」

「ありがとう。助かるよ」

すでに地下迷宮へと潜っており、不在のテレンスに代わって、アイリーンがトアの依頼の品がある場所まで案内してくれた。

そこにあったのは、壊れていて一見すると使い物にならなさそうな文机や万年筆といった小物から、背もたれの部分が欠けているイスに、足の折れたスタンドランプといった大物まで、さまざまな物が置かれていた。

「こんなにたくさん……よく一日で運んでこられたね」

「テレンスさんの話によると、まだまだ地下迷宮の奥には使えそうな品が転がっているとのことでしたわ」

「わふっ！　それなら、アイテムはこれからも増えそうですね！」

「とはいえ、さすがにこの量を作業している部屋まで持っていくのは大変ですね」

「うん。応援を呼ぶ必要があるな」

正直、昨日突然お願いをした形なので、今日までにはそれほどアイテムが揃《そろ》っていないだろうと踏んでいたトアにとって、これは嬉《うれ》しい誤算だった。

とりあえず、必要性の高い物から持ち帰ることにしたトアたちだが、それでもかなりの重量になったため、作業を手伝っている銀狼族や王虎族を数名ピックアップし、運搬の仕事にも従事させることにした。

トアたちが大荷物を持って図書館へと戻ってくると、ドワーフたちによって大改良が行われていた。

まず、さらに部屋を大きくしようと、隣の部屋へつながるドアを新しく設置する。これで、実質二部屋分のスペースを確保し、勉強するための教室と、読書するための図書館と、目的に分けて部屋を使用できるようにしたのだ。

「おお！　これだけの広さがあれば問題なさそうだね！」

「あ、おかえりなさい、トアさん」

額の汗を拭いながら、作業をしていたジャネットが駆け寄ってきた。そして、持ち帰った成果を見て驚きに目を丸くする。

「こんなにたくさんあったんですか⁉」

「テレンスさんたちが頑張って集めてくれたんだよ」

「ありがたいです！　後で感謝しなくちゃいけませんね」

棚や机など、使えそうな物はまずトアがリペアを使って元の形へと戻し、新しくなった図書館へと運び入れた。

教室の方はというと、生徒は子どもたちだけではなく、大人の銀狼族や王虎族、それにモンスターも加わるので、机の大きさについてはバリエーションをいくつか用意して設置していくことにした。

すべての作業が終わる頃には、すっかり夕暮れとなっており、ちょうど晩御飯の支度ができたことを奥様方がわざわざ知らせに来てくれた。

「よし。図書館と学校のスペース分はこれで大丈夫そうだな」

「わふっ！　思ったよりも早くできましたね！」

「みなさんが協力をしてくれたおかげですよ」

「そうね。あと残っているのは、本をしまったり、スタンドランプを設置したり……内装絡みの細かな作業くらいかしら」

「おお、そのことじゃがのぅ」

夕食へ向かおうとするトアたちを止めたのはローザだった。

「お主たちで何か読みたい本があるなら、ジャンルだけでもいいからリクエストを出してもらいたいのじゃ」

「リクエスト？」

トアが聞き返すと、ローザはわざとらしく「コホン」と咳払《せきばら》いをしてから説明を続けた。

「ワシの知り合いに某国の王立図書館の館長がおるのじゃが、そいつに頼めば大概の本は無償で譲ってくれるじゃろう」

「い、いいんですか⁉」

「もちろん新品ではないし、中には譲れぬ物もあるじゃろうがな」

「十分ですよ！　晩御飯のあとに提案してみます！」

読みたかった本が読めるかもしれないという読書好きにはたまらない申し出に、トアの心は大きく弾む。

「読書かぁ……これを機に、私も純粋な気持ちで読書を始めてみようかしら」

「では、昨日の読みたいという発言は不純な気持ちで言ったのですか？　それとも、マスターとジャネット様の仲睦《なかむつ》まじい姿を目撃して――」

「揚げ足を取らない！」

クラーラに小突かれて、フォルの頭部（兜《かぶと》）が地面にドスンと音を立てて落ちる。若干、先端の部分が曲がってしまったが、本人は満足そうなのでトアはそれ以上言及せず。

ともかく、ジャネットが考案した要塞村の新しい施設――要塞図書館と要塞学校は、ひとまず完成したのだった。

◇　◇　◇

二日後。

内装も終了し、いよいよ村民全員へお披露目《ひろめ》となる日がやってきた。

まだ文字の読み書きができない王虎族や銀狼族が村民のほとんどを占めるため、挿絵が多くて比較的簡単な言葉が並んでいる児童書や図鑑などが多かった。そのため、言葉が分からない者たちでも楽しむことができ、すっかり本の虫と化していた。

「雨で狩りができない時にちょうどいいな」

「今は絵だけだから内容を完璧に把握できないが、いつかは村長たちが読んでいるような文字ばかりの本にも挑戦してみたいな」

会話を聞く限り、これまで読書とは無縁だった獣人族たちにとって、この図書館は新しい刺激をくれるスポットとして定着しそうだ。

一方、トアやジャネットあたりが読む本は専用のスペースが設けられており、そこにはさまざまなジャンルの本が並んでいる。また、ローザからの提案を受けて、村民たちからどのような本が欲しいかのリクエストの募集を開始した。

トアやジャネット、それに大人たちが読書に夢中となっている頃、隣接するもうひとつの部屋には村の子どもたちが集められていた。机やイスだけでなく、恐らく作戦会議をする際に用いられたと思われる黒板とチョークも発見し、これをトアのリペアで修復して設置したことで、ますます学校っぽい雰囲気を出すことができたのだった。

今日はその記念すべき第一回となる授業で、クラーラが講師を担当する。

「さあ、みんな準備はいい？」

「「「「はーい!!!!」」」」

ジャネットに伊達《だて》メガネを用意してもらい、教室の雰囲気に合わせたスタイルとなっていた。ちなみに、生徒の中にはメルビンたちモンスターやマフレナの姿もある。

「クラーラ様……本当に文字を教えることなんてできるんですか？」

なぜか生徒たち用の席に座りながらそんな質問を投げかけてくるフォルに対し、クラーラは猛然と抗議する。

「それくらいなら大丈夫よ！　エルフって種族はもともと知的なのよ？　文字の読み書き以外だっていろんなことを教えてあげられるわ！」

「知的……」

「何か文句あるわけ？」

「滅相もない」

フォルを黙らせたところで、クラーラは本題へと移る。

「今日はまだ本格的に授業をするわけじゃないけど、小手調べってことでみんなからの質問に答えたいと思うわ。何か、『これどうなっているんだろう？』って疑問に思っていることはない？」

「は、はい！」

真っ先に手を挙げたのは王虎族の少女ミューだった。

以前、トアたちがトロール百体狩りを達成するきっかけとなった女の子だ。実はあの時、クラーラの豪快な戦いぶりにすっかり魅了され、密《ひそ》かに憧れを抱いていた。そんな憧れの人が先生としてやってきたので、いつもは大人しいミューも張り切っていたのである。

「何かしら、ミューちゃん」

「え、えっと、あの……」

緊張で声を震わせながらも、ミューはクラーラに自身が抱き続けてきた疑問をぶつけた。

「赤ちゃんってどうやって作るんですか？」

「⁉」

直後、クラーラは脳天から稲妻を食らったような衝撃に襲われる。

よもやそんな質問が飛び出すなど、まったくの想定外であった。

「あ、それ俺も気になってたんだよなぁ」

「私も！」

「弟か妹が欲しいってお母さんに言っても誤魔化されてばっかりだし」

「クラーラさんならきっと正しく教えてくれるよ！」

「へっ⁉」

無垢《むく》な子どもたちからの熱視線を一身に浴びて、クラーラはたじろぎながらも脱出の糸口を探っ

ていた。ところが、事態はさらに悪化の一途をたどる。

「人間同士の生殖行為か……確かに気になるな」

「我らモンスターの行うものとは違うのかもしれない」

「⁉⁉」

モンスター組もこの話題に食いついてきた。

退路が断たれていく中、最後の希望としてクラーラはマフレナを頼る。

「わふわふっ！　私も気になります！　教えてください、クラーラちゃん！」

——が、ダメ。

マフレナも興味津々といった様子で、瞳を輝かせている。

どうしたものかと困惑していると、突然、机をバシバシと叩《たた》く音が教室中に響き渡った。

「クラーラ様！　今こそエルフの知的さを披露する時です！　知的なクラーラ様ならば、赤ちゃんの作り方を子どもたちやモンスターのみなさん、そしてマフレナ様へ懇切丁寧に説明できるはずです！　さあ！　勇気を持って！　みんなに聞こえるよう大きな声で！　なんでしたらマスターを呼んできて実技指導からでも——」

「急にいきいきと喋《しゃべ》りだすなぁ！」

クラーラが全力で放り投げたチョークは、寸分の狂いなくフォルの兜を捉え、教室の壁まで吹き飛ばした。

結局、赤ちゃんの作り方については「もう少し成長したら教える」とうやむやにして文字の学習から始めたのだった。

◇　◇　◇

図書館の完成から数日後。

「よいしょっと」

工房での仕事以外ではほとんどこの図書館にいて、トアから館長に任命されたジャネットが大きな箱を抱えてやってきた。

「なんですか、それは」

文字の自主勉強をしていたオークのメルビンは関心を抱いたようで、箱を眺めながら持ってきたジャネットへと問う。

「以前、ローザさんがリクエストをとっていた本のうち、数冊が届いたということでもらってきたんですよ」

「おお！　もう届いたのですか！」

「その辺のコネクションの強さはさすが世界を救った英雄の――八極のひとりですね」

会話を続けながら箱を開封したジャネットは、中に入っていた本を次々に取りだしていく。そのうちの一冊をメルビンが手に取った。

「これは……《世界ぬいぐるみ大全集》？　王虎族のミュー殿あたりのリクエストでしょうかね」

「ああ、これはローザさんですね」

「ロ、ローザ殿が⁉」

「意外と可愛《かわい》い物好きなんですよ」

八極のひとりで枯れ泉の魔女の異名を持つローザだが、実は趣味がぬいぐるみ集めという一面もあると知り、メルビンは驚いたようだ。

「なんというか……本一冊でその人の意外な一面が見えてきますね」

「ふふ、趣味嗜好《しこう》は嘘《うそ》をつきませんからね」

楽しげに話をしながら、本を棚へと整理していくジャネットとメルビン。やがてすべての整理が終わり、あとは外の壁に「新刊あります」の張り紙をすれば完璧だ。

しかし、ここから事態は思わぬ方向に荒れていく。

「あら？　まだ下の方に本がありましたね」

箱の底にもぎっちりと整頓されてしまわれている本。そのうちの一冊を取り出してタイトルを確認してみる。

《犬耳のあの子といちゃラブ子づくり　～愛情たっぷり幸せ性活！～》

「⁉」

あまりに衝撃的かつ刺激的なタイトルに、思わずジャネットは「きゃっ！」と小さな悲鳴をあげる。それに反応したメルビンがどうかしたのかと尋ねてくるが、ジャネットは笑顔を浮かべて虫がいたと誤魔化《ごまか》した。

「い、今の本は……いわゆる官能小説というジャンル？」

物書きとしての顔も持つジャネットだが、そちらは完全に専門外であった。

というわけで、最初は誤魔化したが、結局メルビンに事実を打ち明け、この本をどう処理するか緊急会議が開かれた。

「リクエストしたのは誰ですか？」

「それが……用紙が見当たらないんですよ」

リクエストをした本には必ずリクエスト用紙が挟まっているはず。だが、この謎の本だけはそれがなかったのだ。手掛かりはないと思われたが、むしろ決定的ともいえる証拠が本のタイトルに記されていた。

「「犬耳……」」

ジャネットとメルビンは同時に呟《つぶや》く。

この要塞村で犬耳といえば決して少なくはない。

だが、裏表紙に書かれたあらすじや表紙絵を見る限り、この本は人間と犬耳を持つ獣人族の少女の恋愛（性描写あり）を主題において書かれたものと推測される。だとすると、リクエストした人物は限定されてくる。

「まさか……まさかあの純粋無垢《じゅんすいむく》なマフレナさんが……トアさんとの――」

「ジャネットちゃん？」

「わああああああああああっ⁉」

緊迫した空気の中、いきなり声をかけられて驚くジャネット。それもそのはず、声をかけてきたのはまさに今疑惑を抱いた人物だった。

「マ、ママ、マフレナさん⁉」

「わふ？　そうですけど……何かありましたか？」

「い、いえ、なんでもないです」

「？　あっ！　それより本が届いたって本当ですか？」

「え、ええ……」

「わっふぅ！　それ、私が頼んだ本です！」

「「⁉」」

まさか、あの純真無垢なマフレナさんが、と心中で叫ぶジャネットとメルビン。だが、マフレナが実際手に取ったのはまったく違う本だった。

「これです！　《文字の書き取り練習帳》！　これがあれば、いつでもどこでも文字の勉強ができます！」

ウキウキしながら本を抱きしめたマフレナは、「これ借りていきます♪」と言い残して足早にその場を立ち去った。

「……マフレナさんじゃない？」

容疑者筆頭と思われたマフレナは文字の練習帳だけを持って去っていった。仮に、本当にリクエストをしていたとして、受け取りにくさがあったとしても、もう少し態度に表れてもよさそうなも

のだ。

　すると、メルビンが別の一冊を木箱から取り出してジャネットへと差し出す。

「ジャネットさん……これも似たような本ではないかと」

「まだあるんですか⁉」

　メルビンはまだ完全に人間の文字を読めるようになったわけではないため、表紙に描かれたイラストの感じからそうではないかと予想して差し出したのだ。

　正直、先ほどの本の表紙が刺激的なデザインだったため、今回の本に目を通すのは少し抵抗があったが、内容次第ではリクエストした者を特定できるかもしれない。意を決したジャネットはタイトルへと目を通す。

《国を追い出された俺とツンデレエルフの新婚生活！　～公認子づくりで大ハッスル！～》

「種族名が書かれてるぅぅぅぅ‼」

　再び叫ぶジャネット。

　これにはメルビンもおろおろしながら「だ、大丈夫ですか？」と心配するが、「何も問題ありません」となんとか耐え抜いた。

「あの……このツンデレというのはなんですか？」

「説明すると長くなりますが、要はクラーラさんのような女性を指します」

「な、なるほど」

「この、『国を追い出された俺』っていうのがなんとなくトアさんの境遇と似ていますし……間違いないでしょう。これをリクエストしたのは――」

「何？　私のこと呼んだ？」

「わあああああああああああっ!?」

本日二度目の大絶叫。

「な、何よ！　どうしたっていうのよ！」

「い、いえ、なんでもありません」

「とてもそうは見えなかったけど……まあ、いいわ。それより新しい本が入ったんでしょ？」

「あ、はい」

目を輝かせながら本について尋ねるクラーラ。すると、山積みにされていた本から自分のお目当ての本を見つけて手を伸ばす。

「あった！　これよこれ！　《世界の剣豪伝》！　これで世界中にある剣術の流派を知ることができるわ！」

「そ、それがリクエストされていた本ですか？」

「そうだけど……何か変？」

「そ、そんなことないですよ。クラーラさんらしくていいと思います」

「ならよかったわ。じゃ、これちょっと借りていくわね」

本を小脇に抱えると、クラーラは上機嫌のまま去っていった。

「……クラーラさんじゃない？」

またしても当てが外れた。

となるとあと可能性がありそうな人物は相当に限られてくる。

「まさか……トアさん？」

犬耳少女とツンデレエルフのふたつのワードに該当するのはもうトアしかいなかった。おまけに読書が趣味だということでより疑惑が深まる。

「ま、まあ、トアさんも年頃の男性ですし、こういった書物に興味を抱かれるのは致し方ないかと思います。……ドワーフものとかないんですかね」

「ありますよ、ドワーフもの」

「えっ♪」

ちょっと浮かれながら、ジャネットはメルビンから手渡された本のタイトルへと目を通す。

《禁断の師弟愛　～親方、俺もう我慢できない～》

「思ってたのと違あああああああう‼」

裸のドワーフ（♂）ふたりが抱き合う表紙絵が描かれた本を手にしたジャネットの叫びはむなしく図書館内に響き渡った。

ちなみに、それらの本は、ローザが譲渡を依頼した某王国にある王立図書館館長の私物で、偶然紛れ込んだものであることが後日発覚した。

第四章　みんなでパン作り

雨季が過ぎ去り、徐々に気温が上昇してきたある日。

「村長、ちょっといいかな？」

トアのもとを訪ねてきたのはテレンスだった。

「テレンスさん？　地下迷宮のことで何かありましたか？」

「おっと、先読みされちまったな。その通りなんだよ。まあ、問題ってわけじゃないんだが、ちょっと困ったことがあってな」

笑いながら言っている辺り、本当に一大事というわけではないようだ。

とりあえず、詳しい事情を聞くため、テレンスを部屋へと招き入れた。

「地下迷宮の調査は順調そのものって聞きましたけど」

「それはもう、村長が提案してくれた発光石入りのランプが薄暗い道を照らしてくれるおかげで道が進みやすくなったよ。アイリーンもよく手伝ってくれるし、若い連中には癒《いや》しの存在になっている。本当に助かっているよ」

「なら、何が問題なんですか？」

「それがなぁ……」

腕を組み、首を垂れたテレンスは、静かに語り始める。

「俺たちが抱えている問題は……ズバリ食料問題だ」

「え？　食料問題？」

今の要塞村では無縁と思われていた問題があるのだとテレンスは言う。

「食料といっても、俺たちが地下迷宮に潜っている間のことだ」

「地下迷宮へ潜っている間の食料？」

そこまでの話を聞き、トアはなんとなくテレンスが求めている物が分かった。

「そうだ。あそこは俺たちの想像を遥《はる》かに超える広さだ。そのため、一度潜ると長時間地上へ戻れない」

「なるほど……昼食や夕食のために地上へ戻ってきてしまうと、時間が足りなくなり、調査できる範囲に限界が出てくる、と」

トアの推察は当たっていた。

「その通りだ。今のところ、食料を貯蔵し、寝床も完備している中継地点を設けようって思っているんだが……それにしても、合間に手軽に食べられる物がないかなぁ、と」

「手軽に食べられる物ですか……」

狩りや漁に出ている者たちは、現地で調達した獲物や屍《しかばね》の森に自生している木の実や山菜を食べたりしているので特に問題はなかったが、地下迷宮では周囲に食べられそうな物がないので、調達は不可能だろう。

「それは……由々《ゆゆ》しき事態ですね」

地下迷宮で手に入る物は、要塞村に住む人々の生活に欠かせない存在となっている。その調査が今後滞る可能性が出てきたのだ。村長であるトアにとっても、これはなんとしても解決しなければならない問題である。

「……分かりました。フォルにも相談して、考えてみますね」

「よろしく頼むよ」

村民の悩みを解決するのも村長の仕事だ。

トアはなんとか地下迷宮へ潜る冒険者たちの悩みを解決するため、携帯可能な食事の方法を考えることにした――が、その前に、今日はどうしても外せない予定が入っていた。

◇　◇　◇

「――と、いうわけで、地下迷宮では自律型甲冑《かっちゅう》兵であるフォルの強化に関する設計書が見つかって、それをジャネットたちドワーフ族が実装することに成功しました」

この日、トアは要塞村のある屍の森を領地とする貴族のファグナス家へ一ヶ月に一度の定期報告へ訪れていた。ちなみに、護衛のためについてきたローザとフォルは現在別室でメイドさんたちとお茶を飲みながら談笑している。

「その他にも、希少度はまちまちですが、さまざまなアイテムがあの地下迷宮から発見されています」

「そうか。旧帝国軍が残し、連合軍が回収しきれなかった残骸といったところだろうな。食料事情の方はどうなっている？」

「農業、漁業、狩猟共に好調です。今度は畜産業も行えるよう、要塞内で家畜を飼育できないかいろいろ試行錯誤しています」

「畜産業にまで手を出すとは凄《すご》いな。今日も土産として金牛の他に翡翠《ひすい》豚と金剛鶏《どり》の肉を持ってきてくれたとダグラスから聞いたよ。これだけの高級食材が一斉に揃うと、うちのコックもどう調理しようかと嬉《うれ》しい悲鳴をあげるだろうな」

トアからの報告を受け、要塞村の発展に目を細めているのはファグナス家当主のチェイス・ファグナス。セリウス王国では御三家のひとつに数えられるほどの大貴族だが、そんなことを感じさせないくらい気さくで話しやすい好人物である。

ローザが無血要塞ディーフォルの所有権を自分からトアへと移すと言い渡された時は、こんな子どもで大丈夫かと疑念を持っていたが、その真面目な働きぶりを評価して、今ではすっかり信頼していた。

「以上がこの一ヶ月の主な動きですね」

「ふむ。相変わらず素晴らしいな」

パチパチと大きな手で拍手をし、村長トアの頑張りを労《ねぎら》うチェイス。だが、その鍛え抜かれた眼力は、ほんの一瞬浮かんだトアの不安を見逃さなかった。

「村の運営は順調そうだが、何か悩みがあるようだな」

「えっ⁉　……分かりますか？」

「伊達《だて》に君の三倍近く年を食っているわけじゃないさ」

蓄えた髭《ひげ》を指でなぞりながら、チェイスは続ける。

「で、何が問題なんだ？」

「それが――」

観念して地下迷宮への食料事情を説明しようとした時だった。

「お茶のおかわりとお菓子をお持ちしました」

有能執事ダグラスが入室。そこで会話が一旦途切れた。

「ちょうどいい。お茶とお菓子を食べながら、続きを話してくれ」

「は、はい」

カップにお茶を注いでもらうと、トアは純白の皿に盛られた色とりどりのお菓子から、木の実を練り込んだクッキーを手にして頰張《ほおば》る。

「おいしい！」

思わずそう口にしたトアを見て、ダグラスはニコリと微笑《ほほえ》む。

「気に入っていただけたようで何よりです。最近、お菓子作りに凝っているうちのコックも喜びますよ」

「へぇ、お菓子作りに……あ、こっちのパンもおいしい！」

「はっはっはっ！　この大陸で、パン作りといえばうちのコックのブライアンに勝る者はいないだろう！」

「…………」

「ん？　どうかしたか、トア村長」

「あ、い、いえ……パン、か」

テレンスから要望のあった携帯できる食事。このパンは、それを解決する手段となり得るかもしれない。

「……あの、ファグナス様」

「ん？　どうした？」

トアは地下迷宮を探索する冒険者たちから出ている食料絡みの要望について、パンならばすべてを解決できるのではないかとファグナスに相談した。

「事情は分かった。条件を聞いた上での私の見解としては……君の言う通り、パンは最適な食材となるだろう」

「ただ、普通のパンというだけではなく、野菜や肉は入手できるのだから、サンドウィッチという形にしようかと思っています」

「うむ。彼らは体をよく動かすだろうから、栄養のバランスも考え、しっかりとスタミナがつくようなものがいいかもしれんな」

「具材についても、いくつか考えがあります」

「だっはっはっ！　相変わらず頼もしいな、君は！」

貴族とは思えぬほど豪快に笑い飛ばすチェイス。

こうして、領主からの全面協力を得られたトアは、メイドさんたちとのトークで盛り上がっているフォルを呼びだし、早速ファグナス家お抱えのコックからパンの作り方についてレクチャーを受けることになったのだった。


要塞村に戻り、昼食を終えて調理場を片付けると、いよいよトアとフォルによる要塞村製のパン作りが始まった。

「レシピももらってきたけど……今のところ、塩や水は要塞村で用意できるね」

水は神樹の根が浸《つ》かる地底湖の水を使う。

以前、トアとマフレナが一緒になって作った井戸から汲《く》み上げるのだが、その水には神樹の魔力が込められており、村民たちの生活水として大活躍している。さらに、塩についてはこの前洞穴から持ってきた岩塩を使用する予定だ。

「それ以外の足りない材料については、ファグナス様の屋敷にあった物を分けてもらえてよかったよ」

「相変わらず太っ腹というか、豪快な方でしたね」

パン作りに欠かせない諸々《もろもろ》の食材については、チェイスが無償で提供してくれた。チェイスからすれば、土産で持ってきてくれた高級食材のお礼という意味もあるのだろうが。

「でも、いずれはすべて村で用意できるようにしないとね」

「早速、小麦や砂糖の原料をリディス様たちに栽培するよう指示を出したり、ドワーフ族のみなさんにパンを焼くための石窯造りを依頼したり、行動の早さはさすがですね。まったく抜け目がありません」

「抜け目がないというか、ファグナス様に頼ってばかりじゃダメだと思ってね。それに、酵母やバターとかはまだうちじゃ作れないし……まあ、いずれは俺たちの村でも全部作れるようにしないとな」

「さすがの向上心です、マスター。僕も負けてはいられませんね」

トアとフォルが気持ちも新たにパン作りへ挑んでいると、そこへクラーラ、マフレナ、ジャネットの三人がやってきた。

「あれ？　何しているの？」

「ああ、クラーラか。いや、これからパンを作ろうと思ってね」

「パン？　……だからみんな石窯を造っていたのね」

「わふっ！　凄く気合が入っていました！」

「急がせちゃったからなぁ……」

材料に傷みやすいものもあるので、すぐにでも作業を始めるとトアが報告したため、ドワーフたちは急ピッチで石窯を造っていたのだという。

「まあ、ここにいるドワーフたちの腕前ならば、私がいなくても、石窯くらい問題なくすぐに完成させちゃうでしょう。それに、村長のトアさんに依頼されたら、みんな喜んでなんでも造ると思います」

ドワーフたちがそんなふうに思っていてくれたことに、トアは申し訳なさと感謝の気持ちが入り混じった複雑な気持ちになっていた。

「みなさんも一緒に作りますか？」

「いいの？」

「わっふぅ！　なんだか楽しそうです！」

「物作りは何度もやっていますが、パン作りは初めてですね」

女子三人もパン作りに乗り気なようで、フォルからの誘いを喜んで受けた。

「では始めましょうか」

役者が揃《そろ》ったところで、早速パン作りへと移る。

まず手始めに、フォルはバター以外のすべての材料を木製のボウルの中へ入れると、指先を使って丹念に混ぜ合わせていく。

それが塊となり、パン生地となったのを確認すると、ボウルから取りだし、こね始める。しばらく経《た》ったら、形を整えて終了。あとはしばらくこのまま寝かせておいて、時間が来たら石窯へ投入する。

「みなさん、どうですか？　できましたか？」

「フォルと同じようになったと思うんだけど」

「わふっ！　こんな感じでいいですか？」

「ちょっと自信ありませんが」

「バッチリですよ。クラーラ様は――」

「…………」

トア、マフレナ、ジャネットが綺麗《きれい》に生地を完成させた一方で、クラーラのボウルの中はなぜか見るも無残な状態になっていた。

「クラーラ様……何をどうしたらそんなグチャグチャになるんですか？」

「……フォル」

「なんでしょう？」

「私は死ぬまで剣士であり続けるわ」

「現実逃避しないでください」

大剣を手にし、真剣な顔つきで遠くを見つめているクラーラだが、ただ単に死ぬほど不器用なだけだった。

「では、生地が完成しましたので、今度はそれを一定の温度に保ちつつ、一時間ほど寝かせていきたいと思います」

生地を寝かせるため、ここで作業は一旦中断されることになった。

パン作りが止まっている間、夕食の準備に取りかかろうとするが、その前に石窯造りの進捗状況を確認しに向かおうとトアが提案し、全員で見に行くこととなった。

場所は調理場からほど近い別室を改装して造られている。

「おお！　もうほとんどできているじゃないか！」

すでに石窯は外観がほぼ完成しているようで、今はうまく機能するかの最終チェックをしていると、ドワーフ族をまとめるゴランから報告を受けた。

「本格的な使用はもうちょっとお待ちください」

「ありがとう、ゴランさん。まさかこんなに早く石窯が使えるようになるなんて……感謝しています」

「ははは、トア村長の頼みとあればお安い御用ですよ！」

胸をドンと叩《たた》いたゴランは、なんとも頼もしい言葉をトアへと贈った。

「石窯の完成までもう少しかかるようですね。この調子ですと、実際にパンを焼くのは夕食後でしょうか」

「よし。じゃあ、今からは夕食の準備を始めるか」

「「おおー！」」

生地を寝かせている間に夕食を済ませ、メインイベントの焼きの作業については食後の楽しみとして取っておくことにした。

◇　◇　◇

今日もまた盛大に盛り上がった要塞村の夕食。

それが終わると、寝かせていた生地を分割して丸めていく。

「これにはコツがいるんですよ」

料理人フォルは手際よく作業を進めていき、トアやマフレナ、ジャネットも見様見真似《みようみまね》ながら同じように丸めていった。この作業については、生地作りで苦戦していたクラーラもなんとかひとりで成功していた。

「村長！　すでに準備はできていますよ！」

ドワーフたちからゴーサインが出たところで、早速石窯の中へパンを入れる。火の強さなどを気にしながらこまめに焼き加減をチェックすることおよそ二十分。

「そろそろでしょうか」

フォルが石窯からパンを載せた鉄板を引っ張りだしてみる。

「「「「おお‼」」」」

様子を見守っていたトア、クラーラ、マフレナ、ジャネットの四人に加え、石窯造りに携わったドワーフたちからも歓声があがる。

鉄板の上に載せられたパンは表面に少し焦げ目があるものの、見事なキツネ色に焼きあがっていた。鼻を近づければ、なんとも言えない小麦の香りがして、思わず頬が緩んでしまう。

「とりあえず、見た目に関しては何も問題はなさそうですね。あとは肝心の味ですが……夕食後ですし、今は――」

「「「「食べる‼」」」」

その場にいた全員がそう叫んだ。

「そう言うと思っていました。それでは、早速試食会へ――」

「おいおい！　なんかうまそうな匂いがしないか⁉」

「ああ！　こっちの方からだぞ！」

調理場で試食をしようとしたところ、匂いを嗅ぎつけて多くの村民が集まってきた。

「……もうちょっと焼く必要がありそうですね」

「あははは……」

さすがに押し寄せる村民全員分のパンは用意できていないため、とりあえず冒険者として地下迷宮へ潜る者たちを優先して食べてもらうことにした。

少し冷ましてから、フォルがパンを配っていき、それを口にすると、全員から同じ反応が返ってきた。

「うまい！」

「こんなにうまいのは初めて食べたな！」

「いくらでもいけそうだ！」

要塞村製のパンは村民たちに大好評。

「おいし～い！」

「わふぅ～ん！」

「自分で作ったパンっていう特別感もあって、なんだか普通の物よりもおいしく感じてしまいますね」

女子三人も、要塞村の要素が詰まった手作りパンにご満悦だった。

次から次へと手が伸びてきて、気がつくとあっという間にすべてのパンがなくなってしまっていた。

「これなら地下迷宮へ持っていっても大丈夫だね」

「ええ。……ですが、これはまだ序の口ですよ」

村民たちから大きな賞賛を受けた手作りパンだが、どうやらフォルはさらなる高みを目指しているようだ。

「今回作ったのはあくまでも試食用のパンであり、まだまだアレンジ次第でもっとおいしい物ができますよ」

「確かに……俺がフェルネンドにいた頃、パン屋にはいろんな工夫が凝らされた品が並んでいるのを覚えているよ」

「それをこれから作っていこうと思っています」

「あ、それなら、そのパン作りもみんなでやらないか？　ランプ作りの時と同じように、生地をた

くさん用意してさ」

「いいアイディアですね。子どもたちも喜ぶと思います」

トアからの提案を受けたフォルは、すぐさま生地作りへと取りかかった。

ちなみに、自律型甲冑《かっちゅう》兵であるフォルは、人間や獣人族のように睡眠を必要としないため、夜通しでの作業も可能だが、そこは他の村民たちと生活リズムを合わせるためという名目で、夜は魔力供給を断って眠りにつき、朝になると自動的に魔力供給を開始するようジャネットによってカスタマイズされていた。

なので、時間の許す限り、フォルはトアたちと共に調理場に残ってパン生地作りに勤しみ、翌日のパン祭りに備えたのだった。

◇　◇　◇

迎えた翌日。

この日は昼食を村民たちが手作りしたパンにしようということで、いつもより少し早い時間から準備を始めていた。

昨夜仕込んでおいたパン生地を配ると、それを各々が自由な形にアレンジしたり、好きな食材を挟んだり練り込んだりしてパン作りを楽しんだ。

「俺は肉好きだから、ありったけの肉を詰めるぜ！」

「魚は合うかな？」

「果物とかどうだろう」

銀狼族や王虎族の若者たちはもちろん、さらに年上の大人たちも夢中になっていた。

「むぅ～……なかなかうまくいかぬものじゃな」

ローザも首を傾《かし》げながら、熱中している。そんなローザを挟むように、ジンとゼルエスも競うようにパンを作っていた。

ワイワイと楽しんでパンを作る大人たちの横では、子どもたちがヘラなどの道具を使ってパンの形をアレンジしていた。その輪の中には、村の子どもたちから絶大な信頼を得ているクラーラの姿もあった。

「僕はドラゴンを作る！」

「じゃあ、私は妖精さん！」

無邪気な笑顔でパン作りをする子どもたち。顔にパン生地がつくのも気にせず、一生懸命パンを作る姿を見て、フォルは思わずほっこりした気分になる。

「ドラゴンも妖精さんもとてもお上手ですよ」

「やったぁ！」

「えへへ～」

「クラーラ様の……その……新種のモンスターもハイセンスで素晴らしいと思います」

「これ、鳥のつもりだったんだけど」

「…………」

「…………」

「みなさん！　出来上がった生地を石窯へ入れるのでこちらへ持ってきてください！」

気まずくなったフォルは大声で村民たちに呼びかけたのだった。


村の人々によって作られたパンは、すぐさま石窯で焼かれ、その場で振る舞われた。

「おいしい！」

「うまい！」

「こいつはいいな！」

自分たちで手作りしたということもあってか、村民たちは口を揃えてパンを大絶賛。盛り上がりを見せているパン祭りに、村長トアは満足げにその光景を眺めていた。

そこへ、冒険者たちをまとめるリーダーのテレンスがやってくる。

「トア村長！　このパンは地下迷宮へ潜る際の携帯食にピッタリだ！」

「気に入っていただけて何よりです」

今テレンスが食べているのはフォルが作った特製のサンドウィッチ。挟まっているのはリディスが管理する要塞農場で収穫されたばかりのレタスやトマト。さらに、岩塩を持ち帰った際にフォルが作っておいた豚肉の塩漬けを焼いて一緒に挟んでいる。まさに、要塞村の要素が詰まった特製サンドウィッチだった。

「まさにこれまでの要塞村が全部入ったサンドウィッチ……こんなうまい物を食べながら探索できるとは、ちょっと贅沢《ぜいたく》な気さえするな」

トアが用意した食料は、想像していた携帯食よりもずっと豪勢だった。携帯性と栄養面さえカバーできれば多少の味の悪さには目をつむるつもりだったが、フォルが腕によりをかけて作っただけあって味も抜群。テレンスだけでなく、冒険者として地下迷宮へ潜る若者たちは、フォル特製のサンドウィッチに深く感謝したのだった。

◇◇◇

後日。

トアはフォルとクラーラを連れて領主チェイス・ファグナスの屋敷を訪れていた。

理由は、冒険者たちの携帯食について、大きなヒントを与えてくれたファグナス家の関係者たちにお礼をするためで、要塞村特製のパンをたくさん持って訪れた。

「要塞村のパンか！　こいつは興味深い！」

トアたちの訪問を歓迎したチェイスは、早速要塞村製のパンをお茶と一緒に楽しんだ。パンは領主のチェイスだけでなく、執事のダグラスにコックのブライアン、そして多くの使用人にも食べてもらい、ここでも大好評を得る。特に、フォルへ直接パン作りのアドバイスを送ったコックのブライアンはその上達した腕前に感動し、熱い抱擁を交わしていた。

「素晴らしいパンだぜ、我が弟子よ！」

「師匠！」

いつの間にか師弟関係が出来上がっていた。

「ありがとう、トア村長。おかげでみんなも大喜びだ」

暑苦しいふたりの抱擁を前に、苦笑いを浮かべていたトアのもとへチェイスがやってきて礼を述べた。

「そんな……俺たちはこの前のお礼をしに来ただけですよ。これで地下迷宮の探索がもっと進むはずです」

「うむ。頼んだぞ。地下迷宮の詳細な情報は私も楽しみにしているんだ。――おっと、そうだ。忘れるところだった」

フォル特製サンドウィッチを頬張《ほおば》っていたチェイスは、何かを思い出したらしく、口の中に残ったパンをお茶で流し込むと、トアの方へと向き直る。

「先日、私は国王陛下に呼び出されて城へと行ったのだが……そこで、うちの騎士団長から興味深い話を聞いたんだ」

「興味深い話……ですか？」

「そうだ。かつて、君が所属していたフェルネンド王国聖騎隊にまつわる情報だよ」

「!?　聖騎隊の!?」

トアは、チェイスに自分の素性を話していた。

村長として認めてもらった後で発覚し、そこで揉《も》めてしまわないよう、事前に自分が元フェルネンド王国聖騎隊の人間であることを伝えていたのだ。

どうやら、チェイスがトアに話したいことは、その聖騎隊絡みのことらしかった。

「フェルネンドの聖騎隊で何かあったんですか？」

「……あくまでも噂《うわさ》程度で信憑性《しんぴょうせい》は眉唾ものらしいのだが……どうもフェルネンドの聖騎隊で脱走兵が出たらしい」

「えっ!?」

フェルネンド王国聖騎隊は、国の防衛と魔獣討伐を主な任務としている。そのため、仕事の内容はどこに配属されても厳しく、養成所で鍛錬を積んできた猛者であっても、早々に辞めてしまう者もいたし、そういうケースは決して少なくはなかった。

だが、脱走兵となると話は変わってくる。

つまり、正規の手続きを踏まず、勝手に聖騎隊を抜けたということであり、その背景には他国への情報漏洩《ろうえい》があるのではないかと予想された。現に、トアが聖騎隊にいた頃、その容疑をかけられた兵士が厳しい尋問を受け、長い期間を牢獄《ろうごく》の中で過ごすハメになったと、剣術指導役の教官から聞いたことがあった。

「フェルネンドは正式に発表してはいないが……まあ、もし発表したらその兵士を血眼になっていろんな組織が追い回すだろうな。何せ、大陸一番の大国であるフェルネンド王国の聖騎隊にいたんだ。情報源として、引く手数多《あまた》だろう」

「……ですね」

「まあ、これについては情報が錯綜《さくそう》していて、本当に脱走兵が出たかどうかも分からない状況なのだが……一応、君の耳にも入れておこうと思ってな」

「お気遣い、ありがとうございます」

深々と頭を下げたトアだが、内心穏やかでなかった。

というのも、ほんの一瞬であるが、フェルネンド聖騎隊という言葉が出た時、真っ先にエステルのことを思い浮かべていた。

「……エステルは元気にしているかな」

誰にも聞こえないよう、小さく呟いたトア。

すると、そこへ両手にパンを持ったクラーラがやってきた。

「何かあった？」

元気がないように見えたので、心配してきたのだ。

「なんでもないよ。ていうか、クラーラ、食べすぎじゃない？」

「うっ……だって、みんなの作ったパンがおいしくてつい」

「数ならば問題ありません。たった今、ブライアン様が触発されてご自分もパンを焼きに行かれましたから。もうしばらくすると、新しい出来立てパンが来るでしょう」

「なんで急に張り合いだしたのよ……」

クラーラとフォルのやりとりを見ていると、なんだか心がホッとする。
そんなことを思いながら、トアはパンをひとつ手に取った。

閑話　エステルの旅路

エステル・グレンテスがフェルネンド王国を出てから二週間が経《た》った。

正規の手続きでの出国はすぐに身元が割れてしまい、拘束されてしまう。なので、怪しまれないよう聖騎隊の制服から私服へと着替えると、夜中にこっそりと遠征先のテントを抜け出し、国境を越えて各地を転々としていた。

目的はトアを捜しだすため。

そして、叶《かな》うのなら、今度はずっとトアのそばにいたい。

自分はもうトアと同じく、聖騎隊の一員ではない。

ひとりの少女エステル・グレンテスとして、トアと一緒に生きていきたい。

そう思っていた。


――が、エステルの旅は困難を極めた。

何しろ、捜しださなくてはいけないトアに関する情報は皆無。手当たり次第に聞いて回るしかなかった。

その旅路の途中、トアにも負けず劣らずのお人好《ひとよ》しであるエステルは、ゴブリンとオークの群れや奴隷商の雇った傭兵《ようへい》団に襲われている村を救うなど大活躍——そのため、なかなか先へと進めなかった。

この日も、小さな農村を訪れた際、畑で仕事をする人々を襲う巨大なムカデ型モンスターを倒してほしいと村長に泣きつかれたため、住処《すみか》である森へと潜入することになった。敵はすぐに見つかり、得意の魔法であっという間に倒した。

これで戦闘は終わったと、エステルが杖《つえ》を下ろした時だった。

ムカデ型モンスターは最後のあがきとばかりに、口から毒液を吐きだす。それが、エステルの右腕に付着してしまったのだ。

「あうっ⁉」

油断したと後悔するよりも先に、焼けるような痛みが走る。それから、強烈な目眩《めまい》に吐き気が襲ってきた。消え入りそうな意識をなんとか奮い立たせて回復魔法を使おうとするが、毒による痺《しび》れが全身に広まっていき、愛用の杖を落としてしまう。

「ああ……」

全身から力が抜けていく。

回復魔法を使おうにも声が出ないため詠唱ができない。

まるで雪のように溶けて土と同化してしまうような感覚に陥った。

「こ、こんなところで……」

迫りくる死を前に、エステルは最後まで抵抗しようと歯を食いしばる。

その時、ぼやけた視界の片隅に何か動く物を捉えた。それは徐々に近づいてきて、やがてエステルの目の前までやってくる。

「これはひどい……すぐに助けてやるぞ」

声からしてどうやら女性のようだ。

黒いコートに身を包んだその女性はエステルの体を起こし、何やら液体を飲ませた。全身に力が入らず、抵抗しようにもできないでいた。

しかし、その液体を口にしてから数分後には乱れていた呼吸が整い、全身を溶かす勢いで流れていた汗が止まった。割れそうな頭痛も消え、意識もハッキリとしてくる。

思考がまともに働くようになってからお礼を言おうと女性へと顔を向けた。年齢は二十半ばか後半ほど。少し吊《つ》り上《あ》がった目に整った目鼻立ち。そして、黒髪のショートカットが似合う美人だった。

「さて、大丈夫かい、美しいお嬢さん」

「は、はい……」

エステルの手を取って起こす女性。

「薬草作りに使う草花を採りに来たらモンスターと戦っている美少女がいるから驚いたよ。それから……うん。毒以外の怪我《けが》はないようだね」

「あ、ありがとうございました」

深々と頭を下げたエステル。女性は「無事で何よりだ」と爽やかな笑顔を見せた。

「それにしても、こんな凶暴なモンスターのいる森にひとりとは……」

「あ、その……」

その時、エステルのお腹《なか》が「くぅ～」と可愛らしく鳴く。真っ赤になりながら慌ててお腹を手で押さえるが、その音はバッチリ女性の耳にも届いていた。

「はっはっはっ！　お腹が空《す》いていたのか！」

「す、すみません……」

赤面して俯《うつむ》くエステル。

女性はひとしきり笑い終えると、そんなエステルにある提案を持ちかけた。

「よかったら私の部屋へ来るかい？　ここで会ったのも何かの縁だ。食事をご馳走《ちそう》しよう」

「え？　部屋って……」

「この森から少し離れた町にある宿屋さ。ああ、大丈夫！　何もやましい気持ちはないよ！　私は善良な一般人として美少女を放っておけない性格なんだ！」

わざとらしくニコニコ笑っているが、それはエステルを元気づけるため。エステル自身もそれが分かっているから、思わず「ぷっ」と噴き出してしまう。

「うんうん。やっぱり美少女は笑顔が一番だ！　おっと、そういえばまだ自己紹介をしていなかったね」

「あ、わ、私はエステル・グレンテスと言います」

「エステルか。いい名前だね。私の名前はシャウナだ。よろしく」

「シャウナさんですね。……シャ、シャウナさん⁉」

女性のシャウナという名前を耳にした途端、エステルの表情が一変する。その反応を見て、当のシャウナもエステルが自分の素性を知っていたのか、と驚いた表情を見せた。

「珍しいね。君くらい若い子なら、もうこの名前を出してもピンと来ないと思っていたから偽名を使う必要はないと思ったのだけど」

「し、知っていますよ！　当然です！　だ、だって、あなたは！　あなたは――」

エステルの動揺は無理もなかった。なぜなら、

「八極と呼ばれた八人の英雄のひとり……《黒蛇のシャウナ》様なんですから！」

◇◇◇

シャウナが泊まる宿屋へ向かう前に、エステルは村へモンスターを退治したことを報告した。それを終えると、村民たちからたくさんの謝礼が贈られる。

最初は断っていたエステルであったが、シャウナからの「もらえる物はもらっておいた方がいいよ」というアドバイスを聞き入れ、ありがたく受け取った。それから改めて、シャウナが泊まる宿屋へと向かう。

その宿屋は一般的な宿屋よりも高級仕様なところのようで、ロビーの造りや置いてある調度品か

らもそれが窺《うかが》える。

「それでは、私たちの出会いに乾杯しようじゃないか！」

「は、はい！」

チン、と音を立ててふたつのグラスがぶつかる。

部屋へと戻ったシャウナは、慣れた手つきでグラスに果実酒を注ぎ、それを堪能。一方、エステルは年齢的な理由でアルコールは飲めないため、代わりにジュースを飲んでいた。

「あ、あの、それで、シャウナ様」

「シャウナ様なんて高尚な呼び方は好まないな。シャウナでいいよ」

「で、伝説の一族とうたわれる黒蛇族であり、歴代でも最強クラスの獣人族であるシャウナ様をそのような――」

「いいからいいから。伝説とかそういうのはガラではないし、好きでもないんだ。ただちょっと他の獣人族より強いくらいか。あ、それと、ある男に誘われて、気に入らない帝国の人間を追い払っていたな。そのうちに、八極なんて呼ばれるようになったわけだけど」

「そ、そうなんですか？」

なんだか、王国戦史の授業で習った内容とだいぶ異なる人物像だった。

八極といえば全員真面目で堅物なイメージがあったのだが、目の前にいる黒蛇のシャウナは微塵《みじん》もそんな気がしない。

「それよりも君の話が聞きたいな。なぜ、年頃の女の子がたったひとりで旅をしているのか……とか?」

「そ、それは……」

エステルは困惑したが、シャウナの「辛い体験ほど、誰かに愚痴った方がスッキリできるぞ」という言葉を受けて、ここまでに至る経緯をすべて話す。

シャウナは時折質問を織り交ぜながら真剣な表情でエステルの話に耳を傾けていた。エステルがすべてを語り尽くすと、シャウナは大きく息を吐いて話し始める。

「なるほど……その幼馴染《おさななじみ》を捜して旅をしていたのか」

シャウナは頷きながら目を閉じ、それから何も言わなくなった。

その間、エステルは自分のこれからを見つめ直す。思えば、王国を出てからのエスエルはトアのことばかりを考えていた。エステルの中に「フェルネンドへ戻る」という選択肢は最初からなかったのだ。

「君にとって、その子はとても大きな存在だったようだね」

「……はい」

「今もその気持ちは変わらない?」

「はい」

「だったら、私と一緒に来るかい?」

「え?　一緒にって……モンスターと戦うんですか?」

「残念ながらそれは違うな。今の私はただの考古学者さ」

「考古学者……」

「そう！　歴史の神秘を紐解《ひもと》き、この世界に溢《あふ》れる謎を探求する！　それこそが、私の追い求める生きる道なのだ！」

暑苦しく語るシャウナであったが、エステルにはそんなシャウナが羨ましく思えた。

「私の生きる道……」

これまで、両親や故郷の人たちの仇《かたき》を討つために聖騎隊で頑張ってきた。しかし、こうして聖騎隊から離れ、ひとりで生きていかなければならなくなった今、一体何をやって生活をしていこうか。そういったビジョンがまるで浮かんでこなかった。

「私は……」

「難しく考えることはない。——エステル、君はまだ若い」

「え？」

「君くらいの年齢だと、少しの出来事で、これまで積み上げてきた物が呆気《あっけ》なく吹っ飛んでしまうことだって起こり得る。それほど、危うい存在なんだよ。まあ、つまり、何が言いたいかというとね」

シャウナはコホンと咳払《せきばら》いをしてから話し始める。

「きちんとトア・マクレイグに会って来るんだ」

「！　で、でも……肝心のトアがどこにいるのか……」

会いたいのはやまやまだが、肝心のトアの居場所は未《いま》だに分からない。

だが、シャウナはまるで最初からエステルのそんな悩みを見透かしていたかのように笑ってみせた。

「ふふふ、実を言うとな、君の言ったトア・マクレイグというのは、私の友人である枯れ泉の魔女のお気に入りでもあるんだ。いやはや、世間とは狭いものだね」

「!? ト、トアが枯れ泉の魔女様のお気に入り!?」

エステルが驚くのも無理はない。

枯れ泉の魔女ことローザ・バンテンシュタインといえば、エステル自身と同じく《大魔導士》のジョブを持つ、この世で最高の魔女とされている人物だ。おまけに、彼女もまた英雄とされる八極のひとりであり、黒蛇のシャウナと共にザンジール帝国と正面から戦って打ち破ったほどの実力者だ。

そんな超大物であり、エステルが憧れている人物がトアを気に入っているとなれば、さすがに黙っているわけにはいかない。

「い、一体、何がどうなっているんですか!?」

「まあ、落ち着きなさい。ローザの話では、そのトア・マクレイグという少年は現在セリウス王国のとある村で村長を務めているらしい」

「そ、村長？　トアが？」

エステルはさらに混乱する。

何がどうなって、数ヵ月の間にそのような事態に発展しているのか。エステルには皆目見当もつかなかったのだが、裏を返せばトアが元気に生きているということに違いはないのでホッと胸を撫《な》でおろした。

「トアの性格を考えたら、村長という仕事は向いているのかもしれません」

「まあ、あのローザが村長と認めているだけで、トア少年がなかなかの男だというのは伝わってくるな」

八極として共に帝国と戦った戦友だからこその言葉だった。

「しかし、君がそのトア少年の幼馴染だというなら、彼が村長を務めている村に住めばいいのではないか？」

「ト、トアの村にですか⁉」

「その方が君のためにもなると思うけどね。話を聞く限り、君はもうフェルネンド王国には戻る気はないようだし。うん。それがいい。早速明日にでも宿を出て行こうか」

「い、行くって……」

「決まっているだろう？」

ニヤッと笑って、シャウナはイスから立ち上がる。

「トア・マクレイグが村長を務めている場所――要塞村がある屍《しかばね》の森へさ」

「えぇっ⁉」

エステルからすれば、まさかこんなところでトアに会える最大のチャンスが巡ってくるとは夢にも思っていなかった。そのため、最初のうちは動揺してうまく話せなかったが、時間の経過と共に心が落ち着いてくると、強い意志をにじませた声色で告げた。

「行きます。シャウナさんと一緒に要塞村へ」

「よろしい。では、明日からの旅路に備えて今日はもう休むとしようか。セリウス王国への道のりはまだまだかかるからね」

「はい！」

力強く返事をしたエステル。

シャウナとの出会いを経て、トアを捜す旅の最終目的地は、屍の森にある要塞村に決まったのだった。

第五章　要塞村の新スポット

長らく続いた雨季が終わりを迎え、ストリア大陸に本格的な夏が到来した。

その影響はもちろん要塞村にもやってくる。

「あ、暑い……」

時間はまだ朝方だが、立っているだけでもじっとりと汗が浮かんでくる。

「マスターは暑いのが苦手ですか？」

「うん。寒さより、暑さの方がキツイかな」

どちらかというと暑がりなトアは、これからさらに気温が上昇していくことを考えると、思わずため息が漏れてしまう。だが、厳しい日差しが降り注ぐ中でも、村人たちは変わらず仕事に精を出していた。

だが、もちろん暑さが平気というわけではない。

特に、狩りを担当する者たちは、森へ出発する前から汗だくになっている者もちらほら見受けられた。

「自律型甲冑《かっちゅう》兵である僕は気温の変化に左右される要素がないので何も感じませんが、みなさんはとても大変そうですね」

「さすがにちょっと暑すぎるよなぁ……」

「狩りに向かうマフレナ様も、心なしかいつもより元気がありませんね」

いつも元気いっぱいのマフレナでさえ、この暑さには参っているようだった。

「う〜ん……この暑さを緩和させる方法はないかな……」

「熱を下げるには冷たい物が有効だと思いますが……ローザ様やドワーフの方々と協力をして、冷却用アイテムを作りますか？」

「それもやっていきたいとは思うが……そうだ！」

フォルの何気ない一言をヒントに、トアは新たな村の施設づくりを思いついた。

◇◇◇

思いついたアイディアを実現させるため、トアとフォルはドワーフたちの工房へと向かった。

「ジャネット！」

「きゃっ⁉　な、なんですか、トアさん」

勢いよくドアが開いたと思ったら、大声で自分の名前を呼ばれたジャネットは、体をビクッと強《こわ》張《ば》らせながら振り返る。

「実は、ジャネットにちょっと相談したいことがあるんだ」

「わ、私に相談ですか？」

戸惑いの表情から、パッと笑顔に変わるジャネット。

「あと、ゴランさんたちにも意見を聞きたいです」

「……ですよね」

「？　どうかしたの？」

「いえ、なんでもないですよ。まったくもって想定通りです」

なんだか言葉の端々に怒気が込められている気がしたが、呼びかけに応じたドワーフたちが集まってきたので本題へ移ることにした。

「近頃暑くなってきたので、その対策を講じたいと思っているんです」

「我らドワーフも、作業で火を扱ったりするので暑さには強いと自負していましたが……さすがにここ数日の暑さは厳しいと感じています」

ドワーフ族たちでさえ、ここ数日の猛暑はこたえているらしい。

「猛暑の対策ということでしたけど、何かアイディアがあるんですか？」

「まあね。今日はそれが可能かどうかの意見を聞きに来たんだ」

これまでも多くのアイディアで要塞村を発展させてきたトアの発案ということで、ジャネットを含めたドワーフたちも期待の眼差《まなざ》しを向けていた。

「俺の案だけど……要塞村に海を造ろうと思ってね」

「「「「海ぃ!?」」」」

まったく予想外の提案に、ドワーフたちは騒然となる。

「そ、村長……海というのは、あの凄まじく広大な水たまりのことですよね？」

海に対する認識が微妙にずれているゴランが恐る恐る尋ねてくる。

「もちろん、本物の海ほど広大じゃないけど、冷たい水に浸かって泳げるくらいの水が溜められる場所を造れないかなって」

「なるほど、つまりはとても広いプールということですね」

「あ、そっちの表現の方がしっくりくるね。ただ、普通にプールを造るんじゃなくて、それこそ海っぽくできないかなと思って」

「随分と海にこだわりがあるようですが……」

ジャネットの指摘通り、トアはこの新しい施設を海に似せたいという気持ちが強かった。そのこだわりにはもちろん理由がある。

「要塞村図書館で、子どもたちに地理の勉強をさせていた時、ほとんどの子が海を見たことがないって言ってたんだ。もちろん、この要塞村で海を完璧に再現できるわけじゃないけど、普段利用している河川とは違うってところを見せてあげられたらなぁと思って」

「なるほど。そういった意図があったのですね」

「あ、それと、ジンさんやゼルエスさんが、一定の年齢に達した子には本格的に泳ぎを教えたいそうだから、水泳ができるくらいの広さは確保したいね」

銀狼族や王虎族の子どもたちは故郷を火山活動によって失ってしまい、生き残った者たちと長い放浪の旅を続けた末、無血要塞ディーフォルへと流れ着いた。

そのため、本来ならば一族の大人たちが教えるはずの知識が一部欠落した状態だった。教室でクラーラが質問攻めにあった赤ちゃんに対する知識や、ジンやゼルエスが教えようとしている水泳もそのうちのひとつである。

要塞村図書館での学校は、そういった知識を改めて教える場としても活用されている。

そういうわけで、夏の暑さを緩和させるという名目と共に、小規模ながら疑似的な海を要塞村の内部で再現したいという要望に行き着いたのである。

このトアの想《おも》いに、ドワーフ族全員が賛同。

早速、トアを交えて製造会議を行い、さらなるアイディアを出し合った。

「プールで海を再現するとなると、砂浜を造るとか？」

「海といえば大きなヤシの木とかですかね」

「波を再現することはできないだろうか」

「しょっぱさも再現するか？」

さまざまな意見が飛び交い、ジャネットが地下迷宮産の黒板にそれらを書き残していった。それをさらにまとめていって、最終的に再現する項目を絞り込む。

その途中で、大人たちが落ち着いて涼むことができるよう、用途別に複数のプールを設置することも決定した。

「砂浜、ヤシの木、波、それとしょっぱさ……とりあえず、子どもたち向けのプールはこんなところかな」

「本物の海水の使用は難しそうですし、波の再現などは可能なんでしょうか」

「フォルよ。心配は無用じゃ。その辺のことはワシが解決しよう」

突如として響いた幼女の声。その場にいた者たちの視線は、工房の入口付近から聞こえてきたその声の主へと注がれた。

「ロ、ローザさん⁉」

「面白そうな議題ではないか。ワシも混ぜてもらうとするかのぅ」

「い、いいんですか？」

「ワシの地属性の魔法で震動を起こせば、人工的に小さな波くらいは作れるし、その気になれば転移魔法で海のある場所へと飛び、海水を入手することも造作ない」

「「「「おお！」」」」

枯れ泉の魔女と呼ばれる世界最高の《大魔導士》ローザの協力を得られたことで、ドワーフたちからは歓声があがった。

「ローザ様の協力により、諸々《もろもろ》の問題点は突破できましたね」

「そうですね。あとはプールを造る場所ですが……」

果たして、そのような広い場所がこの無血要塞ディーフォルの中にあっただろうか。フォルやジャネット、そしてドワーフたちが頭を捻《ひね》る中、トアが声をあげた。

「場所については心配いらないよ。ちゃんと候補は用意してあるんだ」

「ほう……随分と手際がいいのぅ」

「だいぶ前に見つけていたんですが、あまりにも広い場所だったので、何に使おうかずっと迷っていたんです。でも、今回の案件は、まさにあの場所を有効活用するのにもってこいの内容だと思います」

トアはそう主張した。

「それに、水を供給する地底湖もすぐ近くにありますしね」

「分かりました。では、現場をチェックしてきますので案内していただけますか？」

「ああ！」

要塞村暑さ対策を実行するため、トアはジャネットを含む若手ドワーフたち、そしてフォルとローザを引き連れて目的の場所へと向かった。


トアが向かったのは神樹の地底湖からほど近い場所にある部屋。

「以前、ファグナス様に見せてもらった地図にひと際大きな空間が存在していたのを思い出したんだ」

「構造的に、どうやらここは風呂場に利用している武器庫と同じもののようですね」

「広さとしては、こっちの方が上かな。無血要塞ディーフォルは魔法兵器の実験と開発も行っていたって話だから、こういった広い空間は他にも探せばまだありそうだ」

「……広くてプールを造るのにもってこいって感じの場所ではありますが、ここには旧帝国の魔法兵器が並べられていたんですよね」

ジャネットは複雑な表情で室内を眺めていた。

「暗い過去のある空間だからこそ、俺たちが有効活用してそれを吹き飛ばしてやろうって思っているんだ」

「トアさん……」

「うむ。賛成です、村長」

ゴランから握手を求められ、トアは応える。ジャネットもトアの考えに賛成のようだ。

「じゃあ、早速取りかかりましょう！」

「「「「おおう‼」」」」

最近は地下迷宮に潜る冒険者たちの武器を整備することが多く、今回のような大掛かりな仕事は彼らにとって久しぶりであり、職人魂に火がついたようである。

まずは、使われなくなった武器の残骸などを片付け、スペースを確保。続いて、作業は二手に分かれて行われることとなった。

まず、トアがひび割れた外壁や床をリペアでササッと修復していく。とはいえ、武器庫はかなりの広さで、しかも天井がかなり高いため、一日では到底すべてを修復することはできそうになかった。

「こりゃもう一日くらいかかりそうかな」

額の汗を腕で払いながら、トアはおおよその終了日を口にする。

その後、同じく武器庫に残ったドワーフたちによって、修復し終わった床の大きさや強度などを測定していき、簡単な図面を完成させた。

「とりあえず、床が元に戻ったのなら、作業自体は進められそうです」

ゴランからそう報告を受けたトアは作業に遅れが生じないと知って胸を撫《な》でおろす。

しばらく作業を続けていると、なんだか遠くから話し声が聞こえてきて、それが徐々に近づいてきた。

「村長！　話は聞いたぞ！　ここからは我々も協力しようぞ！」

「わふっ！　私も手伝います！」

「なんだか大変そうね。ま、こういうのは大勢でやった方が効率的に進むでしょうし、何より村のためになるなら喜んで協力するわ」

「みんな！」

銀狼族の長ジンが、共に狩りへと出ていたマフレナやクラーラ、そして同種族の若者たちを引き連れて応援にかけつけた。それからすぐに、今度は王虎族のリーダー・ゼルエスも仲間を連れて手伝いたいと申し出てくれた。

「ありがとうございます！」

「何をおっしゃいますか。ここは我らの村。協力するのは当然でしょう」

「銀狼族も同じ気持ちだ」

ゼルエスとジンは共に胸を張ってそう言った。

身を焦がす日差しの中で獲物を追い続け、疲労も蓄積しているはずだが、銀狼族も王虎族も率先して残骸の片付けという力仕事をこなしてくれた。そのおかげで、作業は想定以上のスピードで進められたのだった。

「ところで村長。肝心の水はどこから引くのだ?」

「それはもちろん、地底湖の聖水を活用します」

ジンからの質問に、トアはサラッと答えた。

「地底湖の聖水を直接供給できるよう、今もうひとつのグループが作業をしに行っています」

「なるほど。風呂と同じ仕組みだな」

「そういうことです」

トアたち武器庫改装組以外のもうひとつのプール造りに従事しているグループが、ジャネットとローザのふたりを中心にする水源確保組(水車組)である。

地下のひんやりとした冷たい空間に溜められた地底湖の聖水を、風呂場造りの時と同じ要領で武器庫へと流し込む水車を造ることにした。

設置場所の関係で、以前作った物とは構造が異なるため、寸法を測ったり、イメージをイラストに起こしたりと、調査を中心とした作業を進めていった。

ふたつのグループはそれぞれがしっかりと仕事をし、まずは作業初日を終えた。

◇　◇　◇

翌日は朝から作業を始めた。

この日、狩りに出る者や地下迷宮へ潜る者たちもプール造りに協力をしてもらうことになったため、まずは武器庫に全員を集めてトアが指示を出していった。

武器庫では水を溜めるため、床を掘ってくぼみを造る作業が開始された。

ちなみに、造るプールの数は全部で三つ。

ひとつは海を再現した波の出るプール。もうひとつは大人たちが楽しむための、ちょっと深めで広いプール。最後のひとつは、幼児向けの小さなプールだ。

それぞれのプールの位置関係を確認してから、手分けして設定した深さまで掘っていく。床を覆っていた石製の部分を砕き、その下から露出する土を、トアがクラフトで作りだしたスコップで掘り進める。

これには体力自慢の銀狼族と王虎族が大活躍。

普通の人間ならば、休み休み続けていくところを、圧倒的なスピードとパワー、そして息の合った連係であっという間に設定値まで掘ることができた。

「す、凄《すご》い……」

リペアで内壁を修復していたトアも驚きを隠せない様子だった。

一方、水車組は、ドワーフたちを中心に組み立てを開始。

ジャネットの的確な指示もあり、こちらも午前中でほとんどの作業を終えることができた。あとは実際に水を流してみてから、細かな調整に入るだけだ。

どちらのグループも順調に作業を進めていき、気がつくとお昼の時間になっていた。

「水車組のみなさ～ん！　とてもおいしいお昼御飯ができましたので、一旦武器庫の方へ来てくださ～い！」

フォルの呼びかけに応じて、水車組が戻ってきた。

今日のランチメニューは、手軽に食べられるようにと要塞村特製サンドウィッチ。手作りのパンに野菜や肉を挟んだ、冒険者たちにはお馴染《なじ》みのメニューだ。ただ、今日の昼食に関してはこれだけではない。

「ささ、どうぞ。僕が考案したオリジナルパンの数々をご賞味あれ」

たくさんのバスケットに入ったたくさんのパン。よく見ると、すべてが同じパンというわけではなく、微妙に味を変えているようだ。

「凄いな、フォル。こんなに種類を変えて作るのは苦労したんじゃない？」

「いや、なんというか、パン作りが楽しくてついついたくさん作りすぎてしまいました。……しかし、みなさんの食欲を見ていると、ちょっと足りないくらいでしたかね」

作業で腹を空かせた者たちはフォルの新作パンを両手に持って交互に食べていたり、すでにおかわり分に手を付けている者もいた。

「ははっ、大好評じゃないか」

「恐縮です」

「トア～、こっちで一緒に食べましょうよ！」

呼ばれて振り返ると、両手いっぱいにパンを抱えたクラーラの姿が目に飛び込んできた。その横にはジャネットとマフレナもいる。

「よし。行こうか、フォル」

「僕もよろしいのですか？」

「当然だろ？　さあ、行こう」

フォルを連れてジャネットたちのもとへ。

すでにパンと特製果実ジュースをキープしているらしく、トアはその中から生地に野菜を練り込んだ野菜パンとオレンジのジュースを手に取った。

「さすがはマスター、お目が高い。そのパンは自信作ですよ」

「なんだか変わった色だね。ちょっと赤みがかっているようだけど」

「生地にニンジンを練り込んでみました。あ、マフレナ様が持っている緑色のパンにはホウレン草を練り込んであります」

「わふっ⁉　そうだったんですか⁉」

「いい思いつきですね、フォル」

「……なんだか素直に褒めるのは癪《しゃく》だけど、確かにおいしそうね」

女子三人も野菜パンに興味津々だった。

「どれどれ」

周りから視線を浴びつつ、トアはパンを口の中へ。

「おっ！　うまい！」

その味は思わず笑顔がこぼれるほどおいしかった。

「ただ野菜を練り込んであるだけじゃないよね？　これは……ガーリック？」

「その通りです」

「わぁ……本当においしそうね……まだ残ってないかしら！」

トアの感想を耳にしたクラーラは、野菜パンを求めてバスケットへとダッシュ。その後ろからは同じく興味を持ったマフレナがついていった。

高評価なのはトアたちだけではなく、フォルの作った要塞村産の野菜やフルーツを使ったパンやジュースは誰からも大変好評で、各所から賞賛の声が相次いだ。

「気に入っていただけたようで何よりです」

そう語る口調をどこか照れ臭そうに感じるトアだった。

「村長～」

昼食を終えて、午後からも修復作業に精を出そうと気合を入れたトアのもとに、のんびりとした口調のリディスが近づいてくる。

実は、大地の精霊たちをまとめるリディスにトアはふたつの依頼を出しており、それについての報告のためにリディスはやってきたのだ。

「例の件について～、ふたつとも準備はバッチリ整っているのだ～」

「さすがは大地の精霊。仕事が早いですね」

「この件については私たちも凄く気になっているのだ～。だからみんな～、とてもやる気満々で作業したのだ～」

大地の精霊たちもプールの完成を楽しみにしているらしかった。

「それで～、どこへ持っていけばいいのだ～？」

「あー……ごめんなさい。もうちょっとかかりそうです。今、三つのプールはそれぞれ設定した深さまで土を掘り終えたばかりで……それを補強してからになります」

「分かったのだ～。出番が来るまでジュースを飲んで待っているのだ～」

「じゃあ、準備が整い次第、声をかけますね」

午前中の作業では穴を掘り終えたところで終了した。これでも、当初予定していた作業時間よりもだいぶ短縮されている。

「この調子なら、明日にでも完成が――あっ‼」

完成予定が早まりそうだとにんまりしていたトアだったが、ここでとんでもない忘れ物があったことを思い出した。

「まずいな……このままだと、水浴びは難しいかもしれないぞ……」

トアは緊急対策としてクラフトを使用し、求めているアイテムを揃《そろ》えようと思い立つ。

「クラフトを使うにしても素材となる物が必要になってくるな」

その素材を集めるため、トアはクラーラ、マフレナ、ジャネット、フォルの四人へ声をかけて手伝ってもらうことにした。とりあえず、まずは簡単に趣旨を説明するため、近くの空き部屋へと入る。

「随分と急な話だけど、何を集めようっていうのよ」

召集をかけられたが、何を集めるかを聞かされていない面々は一様にキョトンとした表情をしていた。そこでトアは集める素材について簡単な説明を行う。

「みんなに集めてもらいたいのは……布だよ」

「「布？」」

クラーラ、マフレナ、ジャネットの三人はなぜ布が必要なのか分からず、顔を見合わせる。ただひとり、フォルだけはトアの狙いを読み取っていた。

「ふむ……なるほど」

「え？　あんた布を何に使うか分かったの？」

クラーラが問いかけると、フォルは意味ありげに「ふふ」と笑ってから答えた。

「女性の皆様方は……プールができたとして、そのままの姿で入るおつもりですか？」

「どういうことです？」

今度はジャネットが問う。

「普段の格好ではびしょ濡《ぬ》れになってしまいますよね？」

「まあ、そうだけど……仕方ないんじゃない？」

「あんまり濡れないようにしないといけませんね」

クラーラとジャネットは至って普通の反応だ。銀狼族であるマフレナは獣の姿に変わって泳ごうと思っていたらしく、あまり気にしてはいない様子だった。

「おふたりの心配はごもっとも。――しかし、もし、水に濡れても平気な服があったとしたら、どうしますか？」

「水に濡れても平気な服ぅ？」

「！　ま、まさか！」

クラーラはピンときていないようだったが、ジャネットはフォルの言う服の意味を理解したようだ。

「回りくどい言い方をしましたが、ようは……水着ということです」

「『水着？』」

エルフのクラーラと銀狼族のマフレナは揃ってカクンと首を傾《かし》げる。その横で、水着がどのような物か知っているジャネットは、小説のネタを書き留めておくためにいつも携帯している小さめの紙に愛用の万年筆でサラサラと絵を描いていった。

「こんな感じですね」

描いたのはビキニタイプの水着。

「んなっ⁉」

「わ、わふぅ……」

それを見たふたりの反応は「恥ずかしさ」が前面に押し出ていた。この状況ではふたりが水着を着ることを拒否しそうな流れにも思えたが、フォルの一言が空気を一変させる。

「まあまあ、落ち着いてください。実際に水着を用意するのはマスターです。マスターがイメージを膨らませてクラフトを使い、生み出した水着……それは即《すなわ》ち、マスター好みの水着ということになります。さらに言えば、マスターの好みの水着を身にまとう女性はマスター好みの女の子と言い切ってしまって間違いないのではないでしょうか」

「「⁉」」

クラーラとジャネットの顔つきが変わった。よく分かっていないマフレナは首を傾げた。

「え？　あ、あの……」

「トア、クラフトで水着を作ってみせて」

「ク、クラーラ？」

「すでに布は用意していますので」

「ジャ、ジャネット？」

「わふ？」

無表情のまま迫りくるクラーラとジャネット。そして今ひとつ状況を理解していないマフレナの三人を前に、トアは仕方なくクラフトを使用して水着を作ることにした。かつて、聖騎隊養成所の海洋演習に行った際、最終日の自由行動日にエステルが着ていた物をイメージし、それにアレンジを加える。

「…………」

クラフトを発動しようとした時、トアの手はピタッと止まった。

ここで加減を誤るわけにはいかない。

なぜなら、クラフトとはトアのイメージをそのまま形にする。つまり、目の前にあるなんでもない布切れが、トアの想像する水着へと変化するのだ。ここで変な水着でも出そうものなら、何を言われるか分かったものではない。

これまでにないほど緊張した様子でクラフトを発動させるトア。

そして完成した黒のビキニ水着を見て、女子三人がそれぞれの感想を口にする。

「……案外露出が少ない？」

「上はそうですけど、下はちょっと布面積少なすぎじゃないですか？」

「わふぅ……これだとお尻がほとんど見えちゃいますよ……」

「マジマジと分析しないで！」

もはや公開処刑に等しい状況だった。

「ふむ。この水着のデザインから察するに、マスターは女性のお尻に並々ならぬ情熱を抱いているようですね」

そこへ、火に油を注ぐようなフォルの発言が飛びだす。

「クラーラ様、『それなら勝負できる！』みたいな表情はやめてください」

「………」

「し、してないわよ！　別にトアが女の子のお尻に並々ならぬ情熱を注いでいると知って安心なんてしてないんだから！」

「大声で誤解を招くようなことを言わないで！」

こうして、初めての水着作りは大失敗に終わったようだ。

その後、クラフトによる水着作りは、女子組から何度もダメ出しを受け、リテイクの数は二桁を超えたのだった。

◇◇◇

水着作りという思わぬ難所にぶち当たりつつも、なんとか三人がそれぞれ気に入った水着を用意することができた。他の村民たちの水着については、今日の夕食の際に希望者がいるかどうかアンケートを取ることにした。

妙な疲れを全身に残しつつ、武器庫へ戻る途中で水車の進捗状況を確認しに全員で向かうことに。

目的地へたどり着くと、すでに水車は完成しており、きちんと水を運べるか試運転の準備をしているところであった。

「トア村長！　それにみなさんも！　ちょうどいいところに来てくれた！」

ドワーフ族の若者がトアたちを発見すると、「こちらへどうぞ」と水車の性能を間近で確認できる特等席へと案内される。

「よし！　やってくれ！」

トアたちを特等席へ案内したドワーフの掛け声で、水車はゆっくりと動きだした。

「おお！」

風呂用水車と同じく、大きな音を立てながら回る水車の迫力に、間近で見ていたトアは思わず興奮する。

「問題なく作動しているようですな」

狙い通りに動いた水車を見て、ドワーフたちも満足げだ。

「水が溜まるまでしばらくかかりそうですな」

「なら、その間にリディスたちを呼んでシメの仕掛けを完成させようか」

水車が正常に作動したのを確認すると、トアはまず農場へと立ち寄り、リディスたちに準備が整った旨を伝えた。

それから武器庫へと戻ったのだが、そこは数時間前まで武器の残骸で埋め尽くされていた場所とは思えないほど明るく、そして快適な空間へと様変わりしていた。

窓が一切なかったため、薄暗い印象だったが、今は日差しを取り込む天窓がつけられていて、床や壁もそれに合わせた色へと塗り直しが行われていた。ちなみに、壁や床の色はすべて要塞内に自生する植物から作られた塗料を使用している。

「こ、これは凄《すご》い……」

「あの寂れた武器庫がこんなに変わるなんて……」

「わふぅ……」

「さすがはゴランさんたちですね」

「お見事ですね」

五人は武器庫を快適なプールへと造り変えたドワーフたちと、それを手伝った村民たちへ惜しみない拍手を送る。

そこへ、依頼品を持ってリディスたち大地の精霊が到着した。

「村長～、持ってきたのだ～」

リディスたち大地の精霊は何やら大量の麻袋を手にしていた。

「この中に頼まれた物が入っているのだ～」

「ありがとうございます。早速こいつを部屋中に敷き詰めよう」

「えっ？　こ、これを？」

トアから袋を受け取ったクラーラは、中身を確認してたまらず聞き返してしまう。そこに詰め込まれていたのは、大地の精霊たちの力によって性質を大きく変えられた砂だった。

「それはリディスたちが砂浜を再現するために用意してくれたものだよ」

「わふっ！　海にある砂ってこんなにサラサラしているんですね！」

「本当ですね。それに色合いも綺麗《きれい》……」

マフレナとジャネットは砂に強い関心を抱いたようで、手ですくっては戻し、すくっては戻しを繰り返しながら感触を楽しんでいる。この砂には、海を再現するためと、固い石造りの床を柔らかくするというふたつの意味が込められていた。

「こいつを波が出るプールにセットして、より海に近い状況にしよう」

「そういうことですか。では、早速この僕が」

リディスから袋を受け取ったフォルが、波の出るプールへ砂を撒《ま》き始める。それを受けて、クラーラたちも床を埋め尽くすように砂を撒く作業を開始。さらに村民たちが一丸となって砂浜を再現していった。

「村長～、こいつはどうするのだ～」

「ヤシの木ですね。それはこっちに置きます」

さらに海っぽさを出すため、トアはリディスたちにヤシの木を栽培させていた。高さが七メートル近くあるそれは、遊びの邪魔にならないよう、隅の方へと設置するよう指示を出す。これは力自慢である銀狼族の若者たちが担当してくれた。

こうして、最終工程を無事に終えた要塞村特製のプールは、大きな予定変更もなく無事に完成を迎えたのだった。

◇　◇　◇

日を改めて、いよいよプールが全村民たちへ公開された。

これも運命なのか、涼むにはちょうどいい猛暑日で、村民たち――特に子どもたちは早く遊びたくて朝からうずうずしているようだった。

また、トアの用意したさまざまなタイプの水着は村民たちに大好評で、特に女性はどの水着にするか、とても悩んでいる。

「苦労した甲斐《かい》があったよ……」

村民たちからの人気を見て、水着作りは想像以上の苦労に見舞われたが、これならそれも報われるとトアの目頭が熱くなる。

ただ、ファッション絡みでここまで村民たちが盛り上がるとは思っていなかった。

「意外と言っては失礼ですが、みなさんファッションに興味がおありのようですね」

「これまで縁遠いジャンルだったし、特に人間の作る服やアクセサリーは獣人族やエルフではなかなか手に入らないからね」

村民たちの様子から、この先は服飾関係も発展させていきたいと、トアは村の未来に新たなビジョンを見出《みいだ》すのだった。

水着の準備が整うと、いよいよプールのお披露目《ひろめ》だ。

「今日はみんなで暑さを忘れるくらい涼しんで楽しもう！」

トアがそう言うと、地鳴りのような大歓声が巻き起こる。その後、準備運動を終えた村民たちは早速三種類のプールで涼をとることにした。

このプールを三つに分けるという案は、結果的に大正解であった。

ちょっと深めのプールでは大人組が水泳を楽しんでいる。

波の出る海を再現したプールは老若男女に大人気で、特に海を見たことがない山林育ちの獣人族たちに大好評だった。

さらに、まだ満足に歩いたりできない小さな子のために作った浅めのプールも、奥様方から「川と違って安心して見ていられる」と喜ばれた。小さな子どもたちはプールで水をかけ合いながらはしゃいでいる。

これをひとつのプールで行おうとすると、それぞれの持ち味を発揮できなかっただろう。楽しみ方に応じて場所を変えることで、そのプールの性能を十分に堪能することができる仕様となっていた。

「ほらほら、トアも泳ぎましょう！」

「！　あ、ああ、うん」

楽しむ村民たちを眺めていたトアのもとへ、水着姿のクラーラ、マフレナ、ジャネットの三人がやってくる。

「？　どうかしたの？」

クラーラの水着は緑色のハイネックタイプ。

「わふ？　何か心配事ですか？」

マフレナの水着は青色のワンピースタイプ。

「体調が優れませんか？」

ジャネットの水着は白のフリルがついたタイプ。

三人が着ているのは、トアが必死にイメージをして作った水着だった。

「な、なんでもないよ。じゃあ、行こうか」

女子組の水着姿にドキッとしつつも、トアは平静を装ってプールへと飛び込んだ。

「うひゃあ！　これは思ったよりも冷たい……でも、暑さを忘れる気持ちよさだ！」

「あ、ずるい！」

「わふっ！　私も行きます！」

「わ、私も！」

トアに続き、クラーラたちもプールへと飛び込んだ。

「あ〜、冷たくて気持ちいい〜」

「わっふぅ〜！　これで暑さも吹き飛ばせますね！」

「ホントですね〜」

トアたちは、神樹の魔力が含まれた聖水のプールをまったりと満喫すると、今度は砂浜へ移動してボール遊びに興じる。

「いくわよ！」

「わふっ！　どんとこいです！」

特に運動系が得意なクラーラとマフレナは周りから注目を集めるくらいの全力投球を繰り返していた。さすがにこれにはついていけそうにないので、トアとジャネットは近くにあるベンチで休憩することに。すると、そこへジュースの注がれたグラスが載せられたトレイを手にするフォルがやってきた。

「休憩にドリンクはいかがですか？　要塞村産の果実をふんだんに使った僕オリジナルの配合によるフルーツジュースです」

「ありがとう、いただくよ」

「あ、私も」

トアとジャネットはフォルからジュースを受け取ると一気に飲み干した。遊び疲れた体に、冷たくて濃厚な果汁が全身に染み渡る。

「くぅ～、これ、おいしいなぁ！」

「ええ、本当に……フォルの特製なだけはありますね」

「光栄の極みです」

深々と頭を下げるフォル。と、ちょうどそこに、クラーラの放ったボールが大きく外れてフォルの頭部を直撃。その衝撃で頭部が吹っ飛んでいき、ドボンと音を立ててプールへ。ボディの方はトレイを一旦トアへと預けると、プールから頭部を回収して再装着した。

「あ、ごめんね、フォル」

「もう少し威力をセーブして遊ぶことを推奨します。他のみなさんならまだしも、マスターに当たったら大変ですからね」

「そ、そうね。気をつけるわ」

「わふっ！　私も気をつけます！」

ふたりは本当に反省しているらしく、フォルからの忠告を真摯に受けてきちんと反省をしているようだ。

「次からは二割くらいに抑えましょうね、マフレナ」

「わふぅ……さすがに半分の力じゃ危険でしたね」

「あれで半分だったのか……」

さすがの力に、トアはたまらず苦笑いを浮かべる。

再びボールで遊び始めたふたりだが、そこに銀狼族と王虎族の子どもたちが参加し、さらにモンスター組からオークのメルビンも加わった。

「プールは大盛況ですね、マスター」

「みんなで造ったプールだからね。それにしても……この村も賑《にぎ》やかになってきたなぁ」

銀狼族、王虎族、エルフ、ドワーフ、大地の精霊、モンスターたちと、見渡す限り、伝説の種族ばかり。改めてそのことを認識すると、ただの人間である自分が、こんな凄い村民たちのいる村の村長でいいのかと気持ちが揺らいでくる。

「そう気負うでない」

今の自分の心境を見透かしたかのような言葉に反応し、立ち上がったトアは声のした方向へと振り返る。そこには、ハンモックに寝転がる、紺色水着姿のローザがいた。ちなみに、ローザの水着については自前の物だ。

ローザはフォルの特製フルーツジュースで満たされたグラスを傾けながら、諭すような口調でトアへと語る。

「前も言ったじゃろう。他の誰でもない、お主がいてこその要塞村じゃ。ほれ、もっと胸を張らんか」

「……ありがとうございます、ローザさん」

「ワシは当たり前のことを言ったまでじゃ」

「ははは……ところで、その水着はなんですか？　見ないタイプですが」

「これか？　これはその昔、ジア大陸のとある国で流行《はや》っていたという《スクミズ》と呼ばれる物じゃ」

「はあ……なんだか独特なフォルムですね。胸に名前を書くのも流行なんですか？」

「これはワシのオリジナルアレンジじゃ」

なぜか誇らしげなローザは、そのまま子ども用プールへ入っていった。銀狼族と王虎族と小柄なゴブリンたちも加わって盛り上がっている。

「……普通の子どもにしか見えないなぁ」

あれでもかつては世界を平和に導いた八人の英雄のひとりだというから、本当に人は見た目で判断できない。

「そういえば……他の八極の人たちもこの世界のどこかにいるのかな」

枯れ泉の魔女ローザ。

鉄腕のガドゲル。

そして、ガドゲルが鋼の山で行った宴会の際に口にしていた赤鼻のアバランチ。

今のところトアが生存を確認できているのはこの三人だけだ。

残りの五人も、この世界のどこかにいるのだろうか。

「トア～！　あなたもこっちに来て遊びましょうよ！」

考え事をしていると、クラーラが大声でトアを呼ぶ。見ると、マフレナや子どもたちも笑顔で手を振っている。

「行きましょうか、トアさん」

「僕もお供しますよ」

「……ああ、そうしようか」

トアは空になったグラスを近くのテーブルへ置くと、軽く伸びをしてから「今行くよ」と返事をする。

「八極については……今度またローザさんに聞いてみよう」

他の八極の現在が気にはなるが、今はそれよりもみんなで楽しもう。

要塞村に潤いを与えるプールは、村民たちの憩いの場として定着したのだった。

第六章　再会は突然に

「少し休もうか、エステル」

「はい、シャウナさん」

トアのいる要塞村を目指し、八極のひとりである黒蛇のシャウナと共に旅を続けていたエステルは、すでにセリウス王国入りを果たしていた。

帝国の支配から世界を救った英雄であり、現在では著名な考古学者であるシャウナの入国はほとんど顔パス状態で、助手という名目で連れているエステルも、詳しい素性などを調べられることなく入国できたのだ。

シャウナは移動用にセリウス王都で馬車を用立ててもらい、まずはファグナス領を目指した。その道中は穏やかなもので、聖騎隊の一員として魔獣討伐という気の抜けない過酷な任務を続けていたエステルには新鮮な旅路となった。

「お腹《なか》は空《す》いてないかい？　さっき立ち寄った村で買ったパンがあるんだが」

「いただきます」

馬を休ませ、ふたりは小川のせせらぎを聞きながら、昼食をとる。

「こんなにのんびりした時間を過ごすのは本当に久しぶりです」

パンを食べ終えたエステルが、おもむろにそんなことを口にする。

「そういえばフェルネンドの聖騎隊にいたんだったね。正直、最初聞いた時は驚いたよ」

シャウナは道中でエステル自身からその身の上を聞いている。同じように辛い思いをした幼馴染《おさななじみ》の少年トアを捜すため、将来を約束された聖騎隊を抜け出してきたことも。

そんなエステルに、シャウナは優しく語りかけた。

「君たち人間は私たち獣人族と比べて寿命が圧倒的に短い。だからこそ、もっと限られた時間を楽しむべきだと思うがね」

「それは……」

「ご両親や知人の仇《かたき》をとりたいという君の気持も分かるが、亡くなった人たちからすれば、奇跡的に生き残った君とトア少年には、復讐《ふくしゅう》よりも幸せに暮らしてほしいと思うんじゃないのかな。だから、聖騎隊を抜けたことを思い詰める必要なんてないさ」

「シャウナさん……ありがとうございます」

英雄からの励ましを受けて、エステルはなんだか心が晴れやかになった気がした。

「さて、湿っぽい話はここまでにして、そろそろ出発するとしよう」

「そうですね」

「あともうひとつ峠を越えれば、ファグナス領だ。まずは領主のチェイス・ファグナスに面会して要塞村の詳しい情報を手に入れよう。話ではザンジール帝国の要塞を村として利用しているらしいから、領主のファグナスの耳に届いていないはずはないだろうしね」

「分かりました」

「愛《いと》しのトア・マクレイグまであと少しだぞ」

「い、愛しのって……」

「ははは、初々しい反応も楽しめたし、行くとしようか」

食事を終えたふたりは、再び馬車へと戻り、要塞村を目指す旅を続けるのだった。

◇　◇　◇

トアは、この日も要塞村での仕事に励んでいた。

今日はテレンスからの依頼を受け、リペアを使い、地下迷宮の修繕作業を行っていた。

その様子を興味深げに眺めているのは、幽霊少女のアイリーンだ。

「《要塞職人》ですか……わたくしの周りにはそのようなジョブの方はいらっしゃいませんでしたわ」

リペアを駆使してあっという間に部屋のひび割れや破損を修復していくトアの様子を、ふわふわ浮かびながら眺めていたアイリーンが言う。

「う～ん……結構珍しいジョブみたいだからね。あ、そういえば」

「なんですの？」

「アイリーンって大戦の時からここにいたって前に言っていたけど、じゃあ、八極のメンバーの顔は知っていたの？」

「知っていたのは名前くらいですわ。……だから、凄く衝撃でしたの。わたくしよりも年下にしか見えないローザさんが、あの枯れ泉の魔女とは思ってもみませんでした」

「あの人の場合はちょっと違うかもしれないけど……」

他の八極について聞こうと思ったトアだったが、今の話しぶりだと恐らく詳細な情報は持っていなさそうなので、話題を変えることにした。

「最近フォルとはどう？」

「時間を見つけてよく訪ねてきてくださいますわ。おじさまは優しい方ですから」

ニコッと微笑《ほほえ》むその姿も、貴族令嬢らしく華やかで上品さがある。

「あれ？　フォルは本当のおじさまじゃなかったんでしょ？」

「そうなのですが……あの方と話していると、本物のおじさまと話しているような感じがしてきますの。そういえばこの前も――」

フォルとの話になると、アイリーンのテンションは漏れなく倍近くに跳ね上がる。憧れていたおじさまではなかったが、同じ時代に同じ国で過ごした者同士、話は合うようだ。

そんな調子で、アイリーンと会話をしながら作業を進めていったトア。テレンスから要望を受けていた箇所の修復に区切りをつけ、少し息をつくと、お腹が鳴った。

「ここでの作業も終わったし、何か食べてくるよ」

「お疲れさまでしたわ、トア村長」

調理場で何か軽食でもつまもうかと、トアが地下迷宮を出ようとした時だった。

「トア！」

「クラーラ？」

トアを呼び止めたのはクラーラだった。

「どうかした？」

「あ、えっと、その……実は、ね。お昼を作ったんだけど作りすぎちゃったみたいで……よかったら食べてくれないかなって」

「ク、クラーラが料理？」

露骨にトアの表情が曇る。

料理や裁縫といった細かな作業より、豪快に大剣を振り回して狩りをするイメージが強い。そもそも、パン作りの時に絶望的な不器用さを披露していたので、正直なところ、どういった味に仕上がっているのか心配だった。

動きの鈍さと微妙な表情から、トアの心情を悟ったクラーラは抗議の声をあげる。

「そんなに不安がらなくてもいいわよ。ちゃんと味見したから」

「あ、ご、ごめん」

「……ほら、どうぞ」

頬《ほお》を膨らませ、赤くなりながらも差し出したのはバスケット。作ってきたのはサンドウィッチだろうか。

パン作りはともかく、サンドウィッチなら食材を挟むだけなので不器用なクラーラでも大丈夫だろうと安堵《あんど》したトアはバスケットの中身を確認する。

その中にあったのは焼いた分厚い骨付き肉だった。

「…………」

なんというか、クラーラらしさ全開の料理だった。確かに、これなら失敗のリスクは少ないだろう。

「ま、まさにクラーラさんの個性が前面に押し出た料理ですわね」

料理を褒めようとするも、見た目から伝わる情報が少なすぎるため、アイリーンは表現に苦しんだ。

「あ、ありがたくいただくよ」

とりあえず、トアは一口食べてみる。

味は問題ない。というか、むしろ全体にかかっている甘辛ソースがいい具合に肉のうまみを引き出していて、トア好みの味付けだった。

「とってもおいしいよ、クラーラ！」

「そ、そう？　まあ、私が作った料理なんだからおいしいに決まっているわよね！」

トアからの好評を耳にしたクラーラはつつましいサイズの胸を誇らしく張った。

「よかったですわね、クラーラさん」

「ありがとう、アイリーン」

地下迷宮で楽しく昼食をとっていたトアたち。

そこへ、ドタドタと騒がしい足音が近づいてくる。

「トア村長ぉぉぉぉぉぉ!!!!」

これまで聞いたことのないボリュームでトアの名を呼んだのは銀狼族の長のジンだった。まだ何が起きたのか不明だが、その様子からただ事でないのは間違いなさそうだ。

「ど、どうかしたんですか、ジンさん」

「マフレナが狩りに行ったきり帰ってこないんだ！」

「「「ええっ!?」」」

トア、クラーラ、アイリーンの声が綺麗《きれい》に重なった。

「ど、どういうことですか?」

「同行していた者の話では、突然遠吠《とおぼ》えを始めて、森の奥へと走っていったらしい……今、うちの若い衆や王虎族、それにモンスターやドワーフたちも協力をしてくれて、森を捜しているところなのだが……」

愛娘《まなむすめ》の失踪に、ジンは膝から崩れ落ちて意気消沈。後からやってきた銀狼族の若者たちに肩を借りてようやく立ち上がった。

憔悴《しょうすい》しているジンを安心させるように、トアは力強く言い放つ。

「ジンさん、俺も森へ行って捜してきますよ」

「私も行くわ！　友だちのマフレナに何かあったっていうのなら、助けにいかないと！」

トアだけでなく、クラーラもマフレナの捜索に名乗りをあげる。

「ありがとう、トア村長、それにクラーラも」

力なく手を挙げて、ふたりに礼を言うジン。

「行くぞ、クラーラ」

「ええ！」

「頑張ってくださいませ、おふたりとも！」

アイリーンからの応援を背中に受けたトアとクラーラは、屍《しかばね》の森で行方不明となったマフレナを捜すため、地下迷宮を飛び出した。

◇◇◇

森へと入ったふたりは、手分けして捜索することにした。

ジャネットが作ってくれた剣を装備し、深い屍の森の中を歩いていく。屍なんて物騒な名前がついてこそいるが、それを除けば穏やかで心癒される空間だ。

「……て、いけない。油断は禁物だぞ。なんていったって、ここはハイランクモンスターがうろついているんだからな」

あまりにも心が癒されてしまったので失念していたが、ここは戦場に等しい。気を抜いた途端、どこから何に襲われるか分かったものではない。

いくら神樹の加護を得て強くなったとはいっても、まだまだ修行中の身。油断をすればモンスターのエサになる可能性もある。

「やっぱ……分かれるのは無謀だったかなぁ」

トアが少し後悔をし始めた時だった。

ガサガサ、と目の前の茂みが強く揺れる。その音を聞き取った直後、巨大な金牛が目の前に飛び出してくる。

「なんだ、金牛か……」

敵意をむき出しにしてくる金牛だが、ハイランクモンスターに比べたら恐れることはない。トアは落ち着いて剣を鞘《さや》から抜き、ゆっくりと構える。意識を集中すると、神樹から放たれている金色の魔力がたちまち全身を包み込む。

低い唸《うな》り声《ごえ》と共に、金牛が突っ込んでくると、トアもそれを迎え撃つべく突進していく。やがて両者の距離がゼロになり、ぶつかり合う寸前で、いきなり金牛の姿が消えた。

「なっ⁉」

慌てて止まるトア。

消えた金牛の行方を追って辺りを見回すと、先ほどまではなかった、不自然に木々がなぎ倒されている場所を発見する。近づいてみると、そこには金牛がその巨大を横たえていた。その脇腹には強烈な衝撃を受けたあとが残っている。

「い、一体何が……」

困惑するトアはさらに金牛へと迫る。だが、それは軽率な行為であった。それまで虫の息だった金牛は突然起き上がり、トアへ向かって体当たりを仕掛けてきたのだ。

「うわっ⁉」

完全に虚を衝かれたトアはなんとか回避するが、バランスを崩してその場に尻もちをついてしまう。生じた隙を見逃さない金牛は、ターンをして再びトアへと突進してくる。なんとか避けようとするトアだが、今の体勢からではとても間に合わない。

「ぐっ！」

咄嗟《とっさ》に剣を前方へ突き出して牽制《けんせい》を入れるが、金牛はまったく怯《ひる》まない。

もうダメだ、とたまらずトアが目を閉じた瞬間、「ドゴォン！」という強烈な打撃音が森中に響き渡った。

その音に反応して目を開けると、そこには的確に金牛の首元へ強烈な蹴りを浴びせる犬耳の少女がいた。一瞬、トアはマフレナが助けてくれたのだと思って声をかけようとしたが、すぐに口をつぐむ。

「マフレナ……じゃない？」

トアに背を向けた状態で立っている少女は、確かに犬耳こそついているが、髪の色がマフレナとは異なっていた。透き通るような銀色の髪をしたマフレナに対し、目の前の少女は金色の髪をなびかせている。さらに、わずかに振り向いた少女の瞳は真っ赤で、マフレナとは似ても似つかなかった。

「き、君は……」

恐る恐る、トアは少女のもとへと少しずつ歩み寄る。

今度は本当に気絶しているらしい金牛の脇を通りすぎて、あと二メートルくらいにまで接近した時だった。

「………」

トアの気配を感じ取った少女が、無言のまま振り返る。

その姿に、トアは思わず叫んだ。

「マフレナ⁉」

髪や瞳の色は違っても、その顔は間違いなくマフレナだった。

しかし、トアは自分の目を疑う。

いつも天真爛漫《てんしんらんまん》で、笑顔を絶やさず、同じ銀狼族の子どもたちから「お姉様」と呼ばれて慕われているマフレナ。ところが、振り返った彼女の顔には普段の明るさは微塵《みじん》も感じられない。それどころか、敵意を向けている気さえする。

「グルルゥ……」

トアの読みは見当違いというわけではなかったようで、彼を視界に入れた途端、マフレナはまるで威嚇するように低く唸《うな》る。

「マフ……レナ？」

そこに、よく見知ったマフレナという少女の姿はどこにもなかった。

獰猛《どうもう》な獣と化したマフレナ。

理性がなくなっているのか、もはや言葉すら発しなくなっている。

愛らしい犬耳や自慢のモフモフ尻尾は激しく逆立ち、爛々《らんらん》と輝く赤い瞳が、ギロリと容赦なくトアを睨《にら》みつけた。

「マ、マフレナ！　俺だ！　トアだよ！」

必死に訴えかけるが、反応はない。

ジリジリと近づいてくるマフレナを正気に戻そうと、トアは何度も叫ぶが効果が出ているように見えない。そのうち、「シャキン！」という音がする。マフレナの爪が鋭い刃物のように伸びてトアの喉元へ向けられたのだ。

「マ、マフレナ……」

原因は不明だが、マフレナに何かしらの異常が起きているのは間違いない。恐らく、髪の毛や瞳の色が変化したことも関係していると思われた。

なんとかそこから解放しなくては。

トアは今にも飛びかかってきそうな勢いのマフレナに対抗するため、剣の柄に手をかける。

だが、その動きはすぐに止まった。

相手はマフレナだ。

あのマフレナだ。

「くっ……」

剣を抜くことにためらいを見せていると、突如上空から声が聞こえた。

「許せ！　娘よ！」

ジンだった。

「がうっ⁉」

父・ジンからの一撃を首筋に受けたマフレナは意識を失って倒れる。

ジンはなんとか立ち直り、トアたちを追って屍の森へと入ったが、そこで偶然、トアとマフレナが対峙《たいじ》している現場に出くわし、その状況から、マフレナの身に異変が起きていると察知する。また、トアの性格上、絶対にマフレナと戦うようなことはしないだろうと踏み、慌てて手刀をお見舞いし、気絶させることに成功したのだった。

「間に合ってよかった」

「ジ、ジンさん⁉」

「ようやくマフレナを見つけたと思ったら、村長と一触即発の空気になっていたから驚いたよ」

「あ、それは」

「分かっている、村長。マフレナは我を忘れて襲ってこようとしたのだろう？」

「は、はい」

「やはりそうか……村長と対峙しているマフレナの顔を一目見た時から、『まさか』とは思っていたが……」

ジンは気を失ったマフレナを担ぐ。

「村長、要塞村へ戻ろう」

「あ、あの、マフレナに何が……」

「その話も、村へ戻ってからにしよう。……一刻を争う事態だ」

そう語るジンの目尻には涙が溜《た》まっていた。

◇◇◇

要塞村へ戻ると、全員がマフレナの異変に仰天した。

髪だけでなく、尻尾などにある体毛も全部金色となっている。おまけに苦しそうに唸りながら脂汗をかいていた。

「な、何があったんですか⁉」

マフレナがいなくなったという一報を聞き、屍の森で捜索に当たっていたジャネットが血相を変えて、マフレナを背負うジンのもとへと駆け寄る。その後で、同じく森でマフレナの捜索に当たっていたフォルとクラーラも駆けつけた。

「な、なんかマフレナのカラーリングが違わない？」

「イメージチェンジ……などという生易しいものではないようですね」

フォルとクラーラはマフレナの変貌ぶりに驚く。

さらにそこへローザも合流する。

「なんと……」

マフレナの変貌ぶりに絶句するローザ。その豊富な知識をもってしても、過去に類を見ない症状のようだった。

とりあえず、気を失っているマフレナをジンと一緒に住んでいる彼女の部屋へと運び、ベッドへと寝かせる。他の村人たちも、扉の向こう側で心配そうに無事を祈っていた。

全員の注目はマフレナの容姿の変化に注がれていた。

銀から金へ。

その劇的なカラーチェンジにはさすがに曲者揃《くせものぞろ》いの村人たちも度肝を抜かれた。

「ジンさん……マフレナに何があったんですか？」

「まさかとは思っていたが……この子は銀狼族の中でも千人にひとりいるかいないかとされ、幻と呼ばれる《金狼》の資質があったようだ」

「「「「金狼？」」」」

トア、クラーラ、フォル、ジャネットの声が重なる。

「森で様子がおかしかったのは、金狼への覚醒が近かったため……つまり、金狼になる前兆というわけだ」

「その……銀狼と金狼の違いってなんですか？」

「通常の銀狼族より遥《はる》かに能力が高い」

「凄《すご》いじゃない！　ただでさえ、マフレナの身体能力って他の銀狼族よりも頭ひとつ抜け出ている感じなのに、そこからさらに強くなるってことでしょ！」

よく一緒に修行をして、その力をよく分かっているクラーラは興奮気味に話すが、ジンの顔色が冴《さ》えないところを見るに、事態は浮かれていられるような状況でないらしい。

「今の説明だけならそう思うだろう」

「ふむ、つまり相応のリスクがあるようじゃな」

ローザが尋ねると、ジンは静かに頷《うなず》いた。

「能力向上に伴って、反動も生まれる。それが今のマフレナの状態だ」

荒い息づかいでベッドに横たわるマフレナ。頬《ほお》は紅潮し、額から流れ出る玉のような汗は止まる気配がない。心身ともに激しく弱っているのは一目瞭然だ。

「金狼になるには体への負担も大きい。このままでは……ぐっ！」

「ジンさん……」

泣き崩れるジンを励ますトアだが、そこまで落ち込むとなると、マフレナの容体は相当悪いらしい。

「何か、マフレナを助ける方法はないんですか？」

「……あるにはある。金狼になった際に生じる心身の負担を軽減してくれるという花の蜜の存在が確認されているんだ」

「そ、その花というのは？」

「マッケラン草という植物の花だが」

「聞いたことのない名前だ……」

トアは視線をフォル、クラーラ、そしてジャネットへと向けるが、三人とも同じように首を大きく横へ振った。最後の希望とばかりにローザの方を振り向くが、黒いとんがり帽子を目深にかぶって目を伏せている。その仕草だけで十分だった。

マッケラン草に関する手がかりはない。

全員が落胆していたら、思わぬところから救いの手が伸びてきた。

「マッケラン草なら作っているのだ～」

いつの間にか入室していた大地の精霊リディスだった。

「本当か、リディス殿！」

「本当なのだ～。あれは金狼の負担を軽減するだけでなく～、さまざまな用途があるから栽培していたのだ～。何なら今から収穫してくるのだ～」

「おお……ありがとう！　あなたは娘の命の恩人だ！」

ジンは石造りの床にヒビが入るくらいの勢いで土下座して感謝の言葉を述べた。

「大袈裟《おおげさ》なのだ～。同じ村に住む仲間なんだから気にすることないのだ～。それより～、村長たちにも手伝ってもらいたいのだ～。アレの収穫はちょっと厄介なのだ～」

「お安い御用さ！」

「私も行くわ！」

こうして、大地の精霊リディスにトアとクラーラが助手としてつくこととなった。ジンは娘の看病につき、ローザは今後のことを見越して、少しでもマフレナの容体を回復させられないかとさまざまな魔法を試すという。ジャネットとフォルは村民たちへ状況の説明をするため、部屋を出ていった。

「興味本位でなんでも育てようとする大地の精霊に感謝しないと」

「まったくだ。聞いたな、マフレナ。もうすぐだからな！」

ベッドで横になるマフレナに熱いメッセージを伝えるジン。

その横で、トアとクラーラは準備を整える。

「村長～、クラーラ～、準備できたのだ～？」

「ああ！　いつでもいけるぞ！」

「こっちもいいわ！」

マフレナを救うため、トアとクラーラは大地の精霊が管理する農場へと急いだ。


夕闇が迫る要塞農場では、連絡を受けた大地の精霊たちによってマッケラン草収穫の準備が着々と進められていた。

「そのマッケラン草とやらはどれなんですか？」

「見当たらないように思えるけど……」

広大な農場にはさまざまな野菜や果実が育てられている。最近ではパン作りを始めた関係で小麦も栽培していた。

バラエティーに富んだ品種がひしめき合う農場のどこにマッケラン草があるというのか、トアとクラーラは尋ねながらきょろきょろと見回してみる。だが、それらしい植物はどこにも発見できなかった。

すると、リディスはおもむろに地面へと手をつける。

「今は移動中のようなのだ〜」

「「移動中……？」」

どうやら、相手は植物にあるまじき行動を取るらしい。

「い、移動って……足でも生えているっていうの？」

「ついでにそれなりの知性があって〜、おまけに毒性のある花粉をまき散らしたりするのだ〜」

「「えっ⁉」」

衝撃的な事実の発覚に、トアとクラーラはリディスへと猛抗議。

「それもう、ただのモンスターじゃないですか！」

「モンスターではないのだ〜。ちょっとわんぱくな植物なのだ〜」

「わんぱくの範疇《はんちゅう》を越えてるわよ！」

抗議を続けていると、背後からボコッという何かが盛り上がるような音がした。異様な気配を察知したふたりは急いで振り返る。すると、そこには自分たちよりも遥かに大きい巨大植物がいた。

そいつは複数の蔓《つる》をまるで生き物のようにうねうねと動かしている。

「『やっぱモンスターだ‼』」

「違うのだ〜。あいつがマッケラン草なのだ〜」

頑《かたく》なにモンスターと認めないリディスだが、ビジュアル的にはどの角度から見てもれっきとしたモンスターであった。

「キシャアアアアア‼」

獣のような咆哮《ほうこう》をまき散らすマッケラン草の全長は、ゆうに三メートル以上はある。

「めちゃくちゃデカいんですけど⁉」

「土壌が豊かな証拠なのだ〜」

「土壌でどうにかなるレベルじゃなくない⁉」

トアとクラーラから交互にツッコミを入れられるが、リディスは動じず成長した我が子を見るような眼差《まなざ》しでマッケラン草を見つめていた。

さすがにこのサイズの凶暴そうな植物を要塞村内で育てるのはどうなのかと思ったが、そのおかげでマフレナを助けられるというのもまた事実なので、とても複雑な心境のトア。

とりあえず、大地の精霊たちへのお小言は後回しにして、今はマフレナを救うためにあのマッケラン草を収穫する必要がある。

「それで、あいつをどうすればいいんです？」

「ぶっ飛ばして花蜜を回収するのだ〜。それを飲めば〜、マフレナは元気になって元通りになるはずなのだ〜」

「分かりやすくていいわね！」

クラーラも剣を抜き、マッケラン草と対峙をする。

正面の相手には微塵《みじん》の隙も窺わせぬよう集中力を研ぎ澄ませるクラーラ。だが、音もなく背後から忍び寄る無数の蔓の存在には気づけなかった。

「！　危ない、クラーラ！」

先に気づいたトアが注意を飛ばす。それにより、蔓の存在に気づいたクラーラはすんでのところでこれを回避し、逆に大剣でバラバラに斬り刻んだ。

「ふん！　姑息《こそく》な手を使ってくるじゃない！」

クラーラは即座に体勢を整え、剣を構え直す。

「はああああああああああ!!!!」

地面を強く蹴り、気合十分の雄叫《おたけ》びと共にマッケラン草に飛びかかった。

仕留めた、とクラーラだけでなくトアも勝利を確信する。

だが、マッケラン草は体勢を傾けると紫色の花粉をクラーラへと浴びせた。

「わぷっ!?」

思わぬ反撃を食らい、勢いが止まったクラーラ。トアはすぐさま援護に回ろうと剣を抜き、クラーラのもとへと急ぐ。

「大丈夫か、クラーラ！」

トアはクラーラを抱きかかえながら、マッケラン草から距離をとる。その間、クラーラは一言も発しなかったため、あの花粉は猛毒かもしれないとトアは焦った。

「クラーラ！　クラーラ！」

必死に呼びかけるトア。しばらくはなんの反応も示さなかったクラーラだが、やがてゆっくりと目を開ける。

「！　よかった！　クラ――」

「ふにゃ～」

「……えっ？」

この緊迫した状況にそぐわない気の抜けた声。それも、普段のクラーラが絶対に出さないような声だ。

改めてクラーラを見ると、目がトロンとしていて、頬が赤く染まっている。そこから推測されるクラーラの状態はたったひとつ。

「クラーラ……酔っ払っているのか？」

「酔ってなんかいないのら～」

「………………」

完全に酔っ払っていた。どうやら、これがあの花粉の効果らしい。

剣をまともに握ることさえできなくなっている今のクラーラでは、戦闘を続けるのは難しいだろう。そう判断したトアはひとりでマッケラン草を倒そうと剣を構えるが、事態は戦力低下というだけでは終わらなかった。

「うぅ……どうせ私は剣を振ることしかできない暴力女よぉ……」

嗚咽《おえつ》交じりに自虐を始めたクラーラ。

「そりゃあマフレナみたいにスタイルはよくないし、ジャネットみたいに知性があるわけじゃないし、でも私だって……私だって……」

堪えきれなくなったのか、クラーラは大声でワンワンと泣きだした。

「な、泣き上戸なのか……」

さすがにこの状態では放っておくのはまずいと感じたトアは警戒をしつつ近づいていく。ところが、その行動が失敗だった。

クラーラは泣きじゃくりながら、トアの片足にしがみついたのだ。そのせいでうまく身動きが取れなくなっていた。

「ク、クラーラ！　ちょっと放して！」

「や～ら～！」

迫りくるマッケラン草を前にしても、クラーラの状態は回復する気配さえなく、ついには寝息を立てて眠ってしまい、トアの足を（物理的にも）引っ張る始末。

マッケラン草は隙だらけのふたりに向けて蔓を伸ばし、体に巻きつかせて動きを封じ込めた。

「しまった！」

予期せぬ苦戦を強いられることとなったトアだが、まだ闘志は消え失《う》せていない。

「くそっ！」

柄を握る手に力を込め、なんとか体に巻きついた蔓を斬ろうとするが、巻きついた蔓はその力を増していき、強引にねじ伏せられる。

その時、トアは凄《すさ》まじい魔力を感じ取った。マッケラン草でもなければクラーラでもない。戦いを見守る大地の精霊たちともまったく異なる質の魔力。

だが、トアにはその魔力の感じに覚えがあった。

「まさか⁉」

魔力の持ち主の顔を思い浮かべた瞬間、どこからともなく女の子の声が聞こえてきた。

「光の矢よ。主である我の願いを聞き入れ魔を滅せよ――はあっ‼」

それは魔法詠唱。

輝く光の矢は、マッケラン草をあっという間に引き裂いた。その際の衝撃で溢《あふ》れ出《で》た花蜜は、リディスたち大地の精霊によって回収された。

花蜜が無事だったことにトアは安堵《あんど》し、そして先ほどの声を思い出す。

「今の声……間違いない」

聞き慣れた、そしてここにいるはずのない幼馴染《おさななじみ》の声。蔓から解放されて自由の身となったトアは、光の矢が飛んできた方向へ走り出した。

その先にいたのは、トアの予想通り、ずっと守り続けると誓った幼馴染の少女だった。

「エステル！」

「トア！」

エステルの姿を捉えたトアは夢中で走りだす。そして、すぐ目の前まで迫った時、エステルの指がトアのおでこにコツンとつけられて、ペチンと弾かれる。デコピンだ。

「いたっ⁉」

「ふふ、勝手にいなくなって心配させた罰よ」

「あ、ご、ごめん」

おでこを押さえて謝るトア。

久しぶりの再会だというのに、まるでいつものような調子のふたりは顔を見合わせて穏やかに笑うのだった。

◇　◇　◇

回収したマッケラン草の花蜜をマフレナに飲ませると、金狼状態から解放されていつも通りの姿に戻った。

苦しげにうめいていたが、それも解消され、今は安らかな寝息を立てている。その横に急遽《きゅうきょ》作られた寝床には、マッケラン草の花粉を吸って酔っ払い、その挙句、深い眠りについてしまったクラーラが寝ていた。

とりあえず、マフレナの件は解決となった。

村民たちもホッと胸を撫《な》で下ろし、快気祝いに盛大な宴会をしようと話していたのだが、そこへ見知らぬふたりの女性が村長トアから紹介された。

ひとりはトアの幼馴染であるエステル・グレンテス。

元フェルネンド王国聖騎隊の一員で、幼い頃からトアと苦楽を共にしてきた。トアの過酷な生い立ちを知る村民たちは、エステルもまた同じように両親を早くに亡くし、大変な幼少期を過ごしてきたことを知って、中には涙する者もいた。

コルナルド家の嫡男との結婚話が新聞で発表され、それにショックを受けたトアは聖騎隊を辞めてフェルネンド王国を去ったのだが、実はその記事が捏造《ねつぞう》されたものであり、エステルは婚約者とされていたディオニス・コルナルドとは面識さえなかったことが本人の口から語られた。

「トアがいなくなったって同僚から聞いて、居ても立ってもいられなくなって……ここまで来てしまいました」

照れ笑いを浮かべながら説明するエステル。

その行動力に村民たちは驚きつつも拍手喝采。そして、帰る場所がなくなったエステルを快く要塞村へと迎え入れたのである。もちろん、村長であるトアも大賛成だった。

「よろしくお願いしますね、エステルさん」

「こちらこそ」

エステルが固い握手を交わした相手はジャネットだった。

実年齢に大きな違いはあるものの、外見はほぼ同じくらいに見えるので、エステルとしても付き合いやすいだろう。今はまだ寝ているが、クラーラやマフレナともきっとうまくやっていけるはずだとトアは思っていた。

そして、問題はもうひとりの女性だ。

「初めまして、要塞村の諸君。私は黒蛇のシャウナだ。以後、お見知りおきを」

深々と頭を下げたシャウナという名の女性。

エステルの話では、トアを捜す旅の途中で出会い、彼が村長を務めるこの要塞村へ向かう途中ということで同行させてもらったらしい。

だが、トアとしてはその経緯より、シャウナの存在そのものが衝撃だった。

「く、黒蛇のシャウナ様……」

「ああ、『様』づけはやめてくれ。エステルにも言ったが、私はそういう呼ばれ方は好きじゃないんだ。呼ぶ時は『シャウナさん』か、もしくは『お姉様』で頼むよ」

冗談なのかそうじゃないのか、判断に困る発言をするシャウナ。

「お主は相変わらずじゃのぅ……」

そんな彼女の態度を見て、呆《あき》れたように言い放ったのは、今からおよそ百年前、共に八極のひとりとして戦場を駆けた戦友である枯れ泉の魔女ことローザだった。

「久しぶりだね、ローザ。……って、しばらく見ないうちに随分とちっちゃくなったなぁ。いや、この場合は若返ったというべきか」

「八極として戦っていた頃は、二十代前半の姿じゃったからな。まあ、今はわけあってこの年齢の姿をしておるが」

「ふむぅ……あの当時の君は男を惑わす美貌とスタイルで、まさに魔女そのものという感じだったが、今は愛らしい幼女とはね」

「ローザさんが……」

正直、今の幼女姿のローザしか知らないトアとジャネットは、シャウナの語る「男を惑わす美貌とスタイル」がピンと来なかった。

その様子を見たシャウナが、ローザへと詰め寄る。

「なんだ、ここの村民たちには今の姿しか見せていないのかい？　今の君も愛らしいが、昔の男を手玉に取る感じの君も妖艶で素敵だったけどな」

「やかましい！」

「ははは、幼女形態とはいえ、怒るとシワが増えるぞ～」

世界最高の《大魔導士》をあんな風にいじれるのは、やはり同じ八極である黒蛇のシャウナしかできない芸当だろう。

シャウナの登場に驚いていたのは何もトアだけではない。

同じ獣人族である銀狼族や王虎族の者たちも、八極の一員としてザンジール帝国と戦った彼女は一目置かれる存在だったらしく、なかなかざわめきが収まらなかった。

「この村は私と同じ獣人族が多いのだな。それも、人間とはあまり関わりを持たないことで有名なあの銀狼族に王虎族とは……うん。気に入ったよ」

シャウナはポンと手を叩き、トアへと向き直る。

「私もここに住まわせてもらいたいのだが……どうだろうか、トア村長」

「俺としては大歓迎です。八極のひとりであるシャウナさんには、いろいろと聞いてみたいことがありましたし」

「む？　そうか。それでは早速そのご期待に応えるとしよう。まずはローザの寝相の悪さについてだが――」

「やめんか！」

こんな調子のシャウナだが、そのおかげなのか村民たちともすぐに打ち解けた。獣人族の間では雲の上の存在として尊敬されているが、実際は話しやすくて気さくな女性ということで、彼女もまた要塞村の新しい住民として快く迎え入れられたのだった。


その日の夜は新しく加わることとなったふたりの村民の歓迎会が同時に行われる運びとなった。

村民たちが準備に勤《いそ》しむ中、トアはエステルとシャウナの分の部屋を新たに造る作業へと取りかかっていた。

他の村民の部屋を造った時と同じ要領で、リペアとクラフトを駆使して、さらにふたりからの要望も聞き入れつつ、部屋を仕上げていった。

「これが《要塞職人》のジョブが持つ能力か……ふむ。実に興味深い」

ローザよりも長く生きている黒蛇族のシャウナでさえも、トアの持つ《要塞職人》というジョブは初耳のようで、リペアとクラフトというふたつの能力で部屋を直していく様子を興味深げに眺めていた。

「洋裁というのは間違いで、こっちの要塞のことだったのね……」

適性職診断の際に、トアのジョブを知ったエステルは感心したように呟いた。

あの時は周囲の同期たちから憐みの視線や言葉を向けられ、ひどく落ち込んでいる様子で心配していたのだが、その真の力を発揮することができるようになったトアは、あの頃と比べて見違えるように生き生きとしていた。

部屋が完成し、その他に必要な道具などをクラフトで揃えているうちに、宴会の準備が整ったという知らせが届いたので、早速宴会場へと向かうことに。

「わあっ！」

「こいつは豪勢だな」

初めて見る要塞村の宴会場に、エステルとシャウナは衝撃を受けた。

神樹ヴェキラからほど近い位置に設けられたその会場は、天井吹き抜けの広大な空間となっていて、大きな皿には色とりどりのさまざまな料理が盛られていた。

「ほほう……実にうまそうだ」

要塞村の料理に興味を持ったシャウナは、大皿を運ぶ銀狼族の女性を呼び止め、その料理を摘まんで口へ放り込む。

「いい味付けだ。私好みのソースだな」

フォル特製のソースが、シャウナの舌を唸《うな》らせる。

そのフォルは、気がつくとエステルの横に立っていて、焼き立てのパンを勧めていた。パンを受け取ったエステルは一口食べると一瞬で笑顔になった。

「このパン、おいしいわね」

「そちらはこの僕が手作りした野菜パンです。マスターの幼馴染であるエステル様に気に入っていただけて何よりですよ」

「私に『様』なんてつけなくてもいいのに」

「シャウナ様にも言われましたが、これは僕のアイデンティティですので」

フォルとエステルはパンを通じて打ち解けたようだ。

「あなたのことはトアから聞いているわ。本当に料理が上手なのね」

「大戦時は戦闘用だった僕も、今ではこの要塞村の調理場を預かる専属コックですからね。この村での食事は安心してもらって構いませんよ」

白いコック帽に、花柄のエプロンを装着したフォルが胸を張って高らかに宣言する。その後ろでは、「エプロン姿のおじさまも素敵ですわ！」と夜になったため地下迷宮から出てきて宴会に参加しているアイリーンが興奮していた。

一方、もうひとりの新入りであるシャウナは料理を摘《つ》まみ食《ぐ》いした後、酒の入ったグラスを片手に獣人族たちと談笑していた。

特に女性からは憧れの存在らしく、しまいにはさっきトアへ提案した『お姉様』呼びでお酒を注ぐ者もいた。

「はっはっはっ！　ここはいい村だな！　肉も魚もうまいし、何より可愛《かわい》い子が多い！　まさに楽園だ！」

すっかり上機嫌のシャウナ。そんな戦友の弾けっぷりに、ローザは「やれやれ」と頬杖《ほおづえ》をつきながら眺めていた。

その後も終わりを見せない要塞村の大宴会。

初参加となるエステルは過去に経験のない盛り上がりを前に驚きつつも、この騒がしい宴会を心の底から楽しんでいるようだった。

「銀狼族に王虎族にエルフにドワーフに大地の精霊にモンスター、そして自律型甲冑《かっちゅう》兵と幽霊、さらに八極がふたり……こうして改めて見ると、本当に凄い村ね」

「あははは……俺も信じられないよ」

果実ジュースとおいしい料理。そして愉快な仲間たちに囲まれた今の状況は、エステルと一緒に暮らしていた故郷シトナ村のようだった。

トアとエステルが思い出に浸っていると、そこへふたりの少女がやってくる。

「私が寝ている間に随分と盛り上がっているみたいじゃない」

「ク、クラーラ⁉　もう大丈夫なのか⁉」

マッケラン草の花粉を受けて酔っ払ったような状態となっていたクラーラは、いつもと変わらぬ元気な姿でトアとエステルの前に現れた。

「これだけ楽しそうな声が聞こえてきたら、寝てなんていられないわよ」

そう語るクラーラに無理をしている様子は見られない。顔色も良好で、本当に元通りに回復したことが分かった。

ふと、クラーラの視線がトアの横に座るエステルへと向けられる。

「あなたがエステルね」

「そ、そうですけど……どうして名前を」

「ここへ来る途中にいろんな人が教えてくれたのよ。トアの幼馴染《おさななじみ》の女の子が、ここで一緒に暮らすことになるって」

最初は戸惑った様子のエステルだったが、同じ年代に見え、しかも同性ということもあり、すぐに意気投合。そこへジャネットも加わり、さらなる盛り上がりを見せた。

「もう打ち解けたのか……この調子なら、マフレナとも仲良くやっていけそうだな」

要塞村の仲間と自然な笑顔で会話をしているエステルを眺めながら、トアは呟いた。

トアとエステル。

紆余曲折《うよきょくせつ》を経て、ふたりはようやくこうして再会することができたのだった。

第七章　要塞村のお祭り

エステルとシャウナが正式に要塞村の一員として迎え入れられた翌日。

「今日は俺が要塞村を紹介するよ」

要塞村にある風呂や図書館といった施設や、ここで行う仕事について、トアが案内することになった。

「よろしくね、トア」

「是非頼むよ、トア村長。……それにしても、みんな忙しそうだな」

朝の要塞村は賑やかだ。

狩りに出る銀狼族と王虎族の若者たちはまず広大な屍《しかばね》の森で何を標的とし、そしてどこまでを狩りの範囲とするのか、簡単な打ち合わせを行っていた。

漁に出るモンスター組は網などの必要品を持って近くのキシュト川へと向かう。

冒険者たちは地下迷宮へ潜るため、装備の準備と、道を照らすランプ作りに従事する。

子どもたちは大地の精霊が運営する農場の手伝いだったり、図書館に併設した教室でクラーラやジャネットを先生に文字の勉強に取り組んだりしていた。

各種族の奥様方は、そんな子どもたちの世話や要塞内の掃除に洗濯などの家事全般をこなしている。

た。

ドワーフたちは工房で依頼された道具作りや要塞内部の修繕作業を行っている。

と、まあ、このように、要塞村に住む者たちは、皆何かしらの仕事をして村を支えているのである。

「学校か……先生って、昔から興味があった仕事なのよねぇ」

「考古学者として、地下迷宮という言葉にはそそられるな」

朝の要塞村の様子を聞いたエステルとシャウナは、おぼろげながらこの村で暮らしていく上でのビジョンが見えてきたようだ。

すると、そこにとある銀狼族の少女の元気な声がこだました。

「わっふぅ！」

マフレナだった。

あれからすっかり元気になり、一夜明けた今日にはなんと狩りへと参加するまでに回復していた。

「あっ！」

そのマフレナはトアたちを発見すると駆け寄り、エステルに向かって頭を下げる。

「ありがとう、エステルちゃん。宴会のあとでお父さんから聞きましたよ。エステルちゃんがピンチになったトア様たちを助けて、花蜜を回収してくれたって」

「あれは偶然よ。でも、元気になってよかったわ」

「わふっ♪」

クラーラやジャネットの時と同様、あっという間に打ち解けるふたり。

「いやぁ……それにしても凄いな、マフレナ嬢は」

「俺もそう思いますよ」

マッケラン草の効果があったにしろ、ほとんど意識もなく、起き上がることができなかったマフレナが、たった半日のうちにここまで回復するとは。銀狼族の持つ治癒力の高さに感心する――と、思っていたのはトアだけだった。

「あの無邪気な顔つきであのスタイルはえげつないな。特に胸のサイズなど圧巻だ。トア村長も同意してくれたが、あのサイズはもう反則だな」

「はい。……うん？」

話の流れに乗っかって返事をしたが、シャウナの言う「凄い」はトアの「凄い」とはまったく視点が異なるものだった。

「ト、トア？」

名前を呼ばれ、声の主であるエステルの方へと視線を移すトア。そこには、マフレナの胸について熱く語っていると誤解しているエステルの姿があった。

「ち、違うよ、エステル！　誤解だ！」

「でも今……マフレナの胸について……」

「だから誤解だって！」

トアの性癖を巡って騒いでいると、そこへ、何やら慌てた様子のクラーラとジャネットのふたりがやってくる。

「トア！　大変よ！　すぐ近くにモンスターが出たわ！」

「モンスターが？」

ここは屍の森。

ハイランクモンスターがうろつくことで有名な森なので、モンスター自体は決して珍しい存在ではない。それに、要塞村の周辺には、ローザの作った結界が張ってある。あれを突破してくることは難しいだろうと考えていた。

だが、クラーラとジャネットの慌てぶりから、そう簡単に済ませられる話ではなさそうだと悟ったトアは、詳細な情報を聞くことにした。

「どんなモンスターだった？」

「とにかくでっかいのよ！」

「これまでに見たことがないくらいのサイズです！」

その報告を受けた直後、地面がわずかに震動していることにトアは気づく。どうやらその大型モンスターがこちらに接近しているらしい。

「ローザさんの結界を押しのけてきそうなほどの巨体……狩り甲斐《がい》がありそうね」

「わふぅ……」

戦闘要員であるクラーラは大剣を鞘《さや》から抜く。同じく戦闘要員のマフレナは腕をポキポキと鳴らして準備を整える。エステルも愛用の杖を取り出し、戦う気満々だ。本業が鍛冶職人であるジャネットは、この場に残り、フォルやジン、ゼルエスらに事態を知らせ、念のため、警戒態勢を取っておいてもらうよう伝える。

「よし、とりあえず、そのモンスターを黙らせてこよう」

「「「おお！」」」

トアのひと言に、三人の女子は気合の入った返事で答える。

するとそこにもうひとり分の声が加わった。

「私も行こう」

声の主はシャウナだった。

「シャ、シャウナさん⁉」

「大型モンスターが相手なのだろう？　朝食後の運動にはもってこいの相手だ。ついでに、君たちの実力も見せてもらおうかな」

「分かりました。じゃあ、一緒に行きましょう」

「よろしく頼むよ」

「ジャネット、フォルたち以外のみんなには、いつも通りに仕事をしてもらって構わないって伝えておいてくれ」

「はい！」

トア、エステル、クラーラ、マフレナ、それにシャウナを加えた五人ならば、そう簡単に負けはしないだろう。

「行こう！」

改めて、トアはモンスター討伐のため、屍の森へと入った。


件《くだん》のモンスターはすぐに見つかった。

地面を這《は》うように移動する巨大な四足歩行の姿。爛々《らんらん》と輝く四つの赤い瞳が、接近したトアたちの方へと向けられる。

「でっかいトカゲねぇ。おまけに目が四つも。贅沢《ぜいたく》なヤツだわ」

「わふっ！　今日の夕食の追加メニューに決まりですね！」

「……私はちょっと遠慮しようかしら」

全長十メートルに迫ろうかという巨体を有するトカゲ型モンスターを前にしても、要塞村の面々からはまったく臆した雰囲気を感じない。

モンスターはトアたちの存在に気づくと、丸太のように太い尻尾を左右に振り、大きな口を開けて突進してくる。その行動に知性は欠片《かけら》も感じられず、ただただ本能の赴くままに動く物を獲物と認識して襲いかかってきているようだ。

「トア、まずは私から仕掛けるわ」

「分かった。頼むよ、エステル」

「任せて！」

エステルは杖を構えると目を閉じ、意識を集中させる。やがてその体から青白い魔力が湯気のように沸き立ってきた。

「光の矢よ。主である我の願いを聞き入れ魔を滅せよ——はあっ‼」

目を見開くと同時に、無数の魔力で生み出された矢が放たれた。

「グガァァッ！」

木々をなぎ倒しながら突っ込んできたモンスターは横転。それをチャンスと見たマフレナが、モンスターの腹部へ追撃の膝蹴りを叩《たた》き込《こ》む。その反動で大きく跳ねた尻尾を、クラーラの大剣が斬り刻んだ。

あっという間に弱ったモンスターへ、トアがとどめを刺すため飛びかかる。その全身は神樹から供給される金色の魔力に包まれていた。

「でやあああああっ‼‼」

神樹の加護を得て、人間離れした跳躍力を発揮し、トカゲ型モンスターの首へと斬り込む。分厚い肉と骨は瞬時に吹っ飛ばされ、森の彼方《かなた》へと消えていった。

「見事なものだ。私が手を貸すまでもなかったか」

息の合った華麗な連続攻撃を目の当たりにしたシャウナはただただ感心するばかり。

「まるで、昔の私たちの戦いを見ているようだ——が、まだ甘い」

若者たちの戦いを笑顔で見届けたシャウナだったが、すぐに表情を引き締めて走りだす。クラーラとマフレナはその行動の意味が分からずに立ち尽くしていたが、次の瞬間、シャウナの行動の真意を知る。

首を吹っ飛ばされたトカゲ型モンスターが突如起き上がり、近くにいたエステルへ鋭い爪の生えた前足を振りかざしていたのだ。

「えっ――」

完全に隙をつかれる格好となったエステルは反撃する間もなく、ただトカゲ型モンスターの行動を眺めるしかできなかった。

そんなエステルを救おうと急ぐシャウナであったが、彼女よりも先にエステルのもとへたどり着き、抱きかかえ、モンスターからの攻撃を回避した者がいた。

「トア⁉」

「大丈夫か、エステル」

エステルを助けたのはトアだった。

モンスターから距離を取ると、エステルを放して再び戦闘態勢をとる。

「しぶといヤツだ」

トアは改めて神樹からの魔力をまとい、モンスターに立ち向かった。首を斬り落とした時と同じように、高く飛び上がり、今度は完全に動きを封じるため、胴体目がけて剣を振り下ろす。その結果、トカゲ型モンスターの胴体は真っ二つとなり、完全に倒すことができた。

「トア……助けてくれて、ありがとう」

「これくらいなんでもないよ。怪我《けが》がなくて本当によかった」

ギリギリのところでエステルを救ったトアのもとへ、クラーラやマフレナも駆け寄ってくる。その様子を、シャウナは少し離れた位置で見守っていた。

「やれやれ……トア・マクレイグか。ローザは本当に面白い少年を見つけたな」

感心しながらトアたち四人を見つめるシャウナの視界に、新たな五人目の影が入り込んだ。

「みなさん、実に素晴らしい戦いでしたよ」

どこからともなく現れたフォルが、トアたちの活躍ぶりを賞賛する。

「フォル？　……いつからいたのよ」

クラーラがジト目で抗議をするも、フォルはどこ吹く風。いつもの軽いノリで話し始める。

「僕はみなさんの雄姿をこの目にしかと焼きつけ、村のみなさんにそれを語る伝承係としてあとを追っていたのです。あ、もちろん万が一にもみなさんがピンチになった時は颯爽《さっそう》と駆けつけてお助けするつもりでした」

「調子のいいことを……」

「ちなみに、クラーラ様は黄色い下着を着用なされているようですね。臨場感を演出するため、これもしっかりと村の皆さんに報告します」

「しなくていい！」

クラーラの飛び膝蹴りがフォルの頭にヒットし、地面を転がっていった。

そんな、いつもと変わらぬふたりのやりとりを見て安堵《あんど》したトアは、静かに剣を鞘へと収めるのだった。

◇　◇　◇

ひと悶着《もんちゃく》あったが、巨大モンスターを撃破したトアたちは要塞村へと戻ってきた。

改めて、狩りに出ていったマフレナとクラーラ、そして、工房で仕事中のドワーフ組と合流する予定となっているフォルを見送った後、トアも案内を仕切り直すことにした。

とりあえず、まずはふたりが関心を持った、図書館と地下迷宮というふたつのスポットを巡ろうと提案。目的地までの距離から、まずは近くにある地下迷宮へと向かうことにした。

「おぉ……なかなかいい雰囲気だな」

クラーラやマフレナが怖がっていた薄気味悪さも、シャウナからすればまったく逆に感じられるらしい。

「あっ！　昨日の美人な新入りさんですわ！　それに村長の幼馴染《おさななじみ》さんまで！」

トアたちの声に気づいた幽霊少女アイリーンがやってくる。相変わらず、幽霊とは思えない元気の良さだった。

「おや、ここにはアイリーンもいるのかい？」

「わたくしはここで地下迷宮に潜っているテレンスさんたちのために、いろんなお手伝いをしていますの！」

「健気《けなげ》だなぁ、君は……テレンス殿」

シャウナは何かを決心したようで、この場の責任者であるテレンスへと話しかける。

「私も地下迷宮とやらに潜ってみたいのだが……よろしいかな？」

「おぉ！　あの伝説の八極が地下迷宮に……滾《たぎ》ってきたぞぉぉぉぉ‼」

シャウナ参戦によりテンションがとんでもないことになっている地下迷宮冒険者のリーダーを務めるテレンス。その気迫には看板娘のアイリーンも思わず「暑苦しいですわ！」と抗議をするほどだった。

「というわけで、トア村長」

「分かっていますよ。地下迷宮の調査をお願いします」

「話が早いな。さすがはローザが認めた少年だ。では、行くとするか」

「「「「おおお‼‼」」」」

わずか数秒の間に主導権を握って冒険者たちを率いるシャウナ。

こういったカリスマ性もまた、彼女が八極に選ばれた理由なのかもしれない、とトアはその背中を見つめながら思うのだった。

「な、なんというか……好奇心旺盛な人ね、シャウナさんって」

「そうだね。同じ八極のローザさんとは、だいぶタイプの違う人だな」

「ローザ様……ローザ様⁉　そうだ！　ねぇ、トア！　私、枯れ泉の魔女のローザ様に会ってみたいの！」

ローザの名前が出た途端、エステルのテンションが跳ね上がる。

そういえば、とトアは思い出した。

エステルは《大魔導士》のジョブとなる前から、八極の中でも特に枯れ泉の魔女ことローザ・バンテンシュタインに強い憧れを抱いていた。希望のジョブが魔法系だったということもあったためか、とにかく「枯れ泉の魔女様みたいな魔法使いになる！」と語っていた。

その憧れの人物がいると聞いて、嬉《うれ》しくなったらしい。

「昨日の宴会の時に話さなかったの？」

「……緊張して声をかけられなくて……」

目をそらしながら、エステルは小声で答える。

エステルはちょっと人見知りの気があり、故郷を失い、フェルネンド王国内にある教会へと引き取られた頃は、いつもトアに引っ付いていたくらいだ。成長して多少は改善されたが、時々こうして初対面の相手に話しかけられないといったことが起きる。

クラーラやマフレナは年代が近いこともあってまだ平気だったのだろうが、今度の相手は憧れの相手であるローザ。さすがに、すんなりとはいきそうにない。

エステルの弱点を知りつくしているトアは、幼馴染のささやかな願いを叶《かな》えるべく、ある提案をした。

「なら、図書館へ行こう。今ならたぶんあそこで読書しているだろうし、俺が話すきっかけを作るからさ」

自分が仲介役となって、エステルとローザを引き合わせようというのだ。

「じゃあ、図書館へ移動しようか」

「うん！」

目的地は定まった。

憧れの枯れ泉の魔女へ会うため、トアとエステルは要塞村図書館を目指して地下迷宮をあとにした。


要塞村図書館では、館長を任されているジャネットが仕事中だった。

「あら、トアさん。それにエステルさんも。先ほどはお疲れさまでした」

数冊の本を重ねて持ち運ぶジャネットは、忙しそうにしながらも清々《すがすが》しい表情でトアとエステルを出迎えた。

「あ、忙しかったかな」

「いえいえ、楽しんでやれていますから。それに夢だったんですよ。たくさんの本に囲まれて生活をするのって」

「本当に本が好きなのね」

《鍛冶職人》のジョブを持ち、要塞村で腕を振るっている時も生き生きとしているように感じられたが、要塞村図書館の館長として働く今の姿もとても輝いて見えた。

「なんじゃ、急に騒がしくなったのぅ」

ジャネットと話し込んでいると、本棚をひとつ挟んだ向こう側にあるテーブル席から声が飛んでくる。その主こそ、エステル憧れの人物であった。

「あ、うぅ……」

「さあ、行こう」

トアに背中を押されて、エステルはゆっくりと歩きだす。そして、

「ぬ？　確かお主は、トアの幼馴染じゃったな」

「は、はい！　エステル・グレンテスと言います！」

背筋をピンと伸ばして自己紹介するエステル。誰がどう見ても、ガチガチに緊張しているのは明らかだった。

「そう肩肘を張らんでもいい。ワシもシャウナと同じで、かしこまられるのは好まんからな。いつも通りで構わん」

「わ、分かりました」

と、言われたものの、そう簡単に緊張感が解けるわけもなく、その場に立ち尽くしていた。見かねたトアがフォローを入れようとするが、それよりも先にローザの方が口を開いた。

「のぅ、トアよ。シャウナは一緒ではないのか？」

「あ、シャウナさんならテレンスさんたちと一緒に地下迷宮へと潜っていきましたよ。あの様子だと、要塞村では冒険者としての仕事に就くようです」

「それが無難かのぅ。あやつの本職は考古学者じゃし」

どうにも、再会してからシャウナに翻弄されっぱなしといった感じのローザは、少し疲れたように言った。

「シャウナさんって、王国戦史の教本に載っている情報でしか知らなかったですけど、とても気さくで面白い人ですね」

「あれでも純粋な戦闘力ならば八極でも上位じゃぞ」

「……ちなみに、どれくらい強かったんですか？」

興味深い内容だったのでさらに尋ねてみた。

「それを説明するには、八極のパワーバランスを頭に入れておかんとな」

「パワーバランス？」

「八極には役割によって四人ずつの二手に分かれておった。ひとつは前線で戦う戦闘要員。そしてもうひとつはサポート要員じゃ。ワシやガドゲルは後者じゃな」

「ロ、ローザさんほどの方がサポート役を？」

《鍛冶職人》としての役割も担っているガドゲルはともかく、魔法使いであるローザが後方支援役というのは意外だった。

「ワシの力なぞ八極の中では可愛《かわい》いものじゃや。……前線で戦っておった四人は別格の強さじゃったからな。以前、ガドゲルが宴会の時に言っておった赤鼻のアバランチも暴れ役じゃったが、ヤツもまた規格外の強さじゃった」

ローザの《大魔導士》としての実力を見てきたトアにとって、にわかには信じられない話であった。

「ワシから言わせれば……正直、何をやってもシャウナには勝てる気がせん」

「そ、そんな……知りませんでした。八極にそんな役割分担があったなんて」

「まあ、あまり表立って発表していたわけではないからのぅ。……じゃが、間違いなくシャウナは強いぞ。お主も日々の鍛錬に加えて神樹の加護の影響もありかなり腕を上げたが、それでもまだまだシャウナには遠く及ばんじゃろう」

そう語るローザだが、地下迷宮へ潜る直前の楽しそうな笑顔を見ている限り、とてもそのようなとんでもない強さを持つ者には見えなかった。

「強さといえば、そっちのエステルというのはフェルネンドの王国聖騎隊でかなりの実力者であったと聞いたぞ。なんでも、ワシと同じ《大魔導士》のジョブ持ちだそうじゃな」

「っ！　あ、そ、そうです！」

いきなり話を振られたエステルは動揺しながらも答えた。

「ふむふむ……では、エステルよ。ワシとひとつ手合わせをしてみるか」

「はい！　――ええええっ⁉」

ローザから唐突に投げつけられた挑戦状に対し、エステルはうっかり即答。

結果、ローザ対エステルの模擬戦が行われる運びとなった。

◇　◇　◇

エステルとローザの模擬戦の場となる要塞村近くの森では、話を耳にした多くの村民が駆けつけて騒がしくなっていた。

「世界を救った英雄のひとり、ローザ様とマスターの幼馴染にして《大魔導士》のジョブを持つエステル様との魔法対決。これは見逃せませんよ」

フォルがそんなことを言いながら要塞村を歩き回った結果、今のような大騒ぎに発展したのだった。

「人のこと言えた義理じゃないけど、本当にお祭り騒ぎが好きな人が多いわよね」

「わふっ！　賑やかなのは私も好きです！」

「その方がこの村らしいといえばらしいですけどね」

狩りから戻ってきたクラーラとマフレナ、さらにジャネットを加えた三人も、エステルの応援に駆けつけていた。

「うぅ……」

大衆の前で魔法を披露するといった行為は、聖騎隊に入ってから何度もあった。しかし、今回はその相手が憧れ続けた枯れ泉の魔女であるため、エステルはこれまでに経験がないほど緊張していた。

「遠慮はいらんぞ。かかってくるがいい」

「は、はい！」

だが、これはある意味でチャンス。

自分の《大魔導士》としての実力を測るいい機会でもある。

これまで身に付け、培ってきたすべてをぶつけよう。

そう考えを改めたエステルは静かに目を閉じる。

「深緑の大地よ、その姿を剣と変えて我が敵を討て」

杖《つえ》を構えて詠唱を開始。やがて、その両脇には彼女を守るように巨大な植物の蔓《つる》が踊るようにうねっている。

「農場で戦ったマッケラン草に似ているわね」

「ああ……けど、明らかにこっちの方が強いぞ」

それは、現れた植物がまとう強力な魔力が証明していた。

もしかしたら、勝てるのでは——そんな気さえ起こさせるほど、エステルの魔力は強大だったのだ。

「はあっ！」

カッと目を見開いたエステルのかけ声で、巨大植物はローザへと迫る。

だが、ローザは特に慌てる様子もない。ゆったりと手をかざしてそれを横へ振る。たったそれだけの簡単な動作で、迫ってきていた巨大植物はバラバラになった。

これには、お祭り騒ぎで観戦していた村民たちも絶句する。

「くっ……」

自分の魔法をいとも容易《たやす》く防がれたエステルの顔には動揺の色が窺《うかが》える。これまで、同期はおろか同じ《大魔導士》のジョブを持つ先輩兵士でさえ、エステルの魔法を食い止められるものはいなかった。

だから、緊張こそしていたが、心の中では「もしかしたらやれるかもしれない」程度の自信はあったのだ。

それがどうだ。

目の前にいる、少女のような姿をしている齢《よわい》三百以上の女性にはまったく歯が立たないという状況だ。

これが八極の——世界最高の《大魔導士》といわれる枯れ泉の魔女の実力。

「もうおしまいか？」

「っ！　まだです！」

歴然とした力の差に呆然《ぼうぜん》としていたのはほんの数秒。すぐさまエステルは気持ちを切り替えて前を向く。

「ほお、気持ちは死んでおらんようじゃな」

トアから聞いた話では、聖騎隊の中でもエステルは周囲からの期待がもっとも大きかった兵だったという。

そんなエリート中のエリートであるエステルが初めて迎えた「自分の敵《かな》わない相手」——人によっては、そこで大きく挫《くじ》けてしまい、二度と立ち上がれないくらいの精神的ダメージを負うこともある。

しかし、ローザは確信していた。

エステルはそのような軟弱な心を持ってはいない。

役立たずのジョブと勘違いをしていた時でも、鍛錬を怠らなかったトアのように、きっとこのエステルも、苦境に立った時にそれを乗り越えて行こうとする強い精神力がある、と。

現に、エステルは今も闘志むき出しの瞳でローザを見据える。

「その意気やよし。いいじゃろう……存分に相手をしてやる」

全身に纏《まと》う魔力の質が変化した。

取り囲む木々がざわめき、大気が震えているのを感じる。

「あ、あれがローザさん？」

「わ、わふぅ……同じ人のはずなのに……まるで別人みたいです」

いつの間にかトアの背後にいたクラーラとマフレナも、いつものローザからは想像できない不穏な気配を察知して震えている。戦闘力の高いふたりでさえこうなってしまうのだから、真正面から対峙《たいじ》しているエステルのそれは相当なものだろう。

それでも、エステルは戦闘態勢を維持。

「いきます！」

威勢のよい掛け声を引っ提げて、ローザへと魔法を放つ。

結果から言うと、エステルの惨敗であった。

敗因はなんといっても十四歳と三百歳以上というキャリアの差。エステルの放つ魔法はどれも一級品であり、屍《しかばね》の森に生息するハイランクモンスターが相手ならば敵なしだろう。

だが、八極のひとりであるローザの前ではまったく通用しない。

力の差をまざまざと見せつけられた格好だ。

「はあ、はあ……」

力を使い果たしたエステルはその場にへたり込んで動けなくなっていた。

そこへ、トアたちが駆け寄ってくる。

「大丈夫か、エステル」

「え、ええ……負けちゃった」

トアには、その笑顔が強がりから来るものではなく、新たな目標が見つかって心から嬉《うれ》しいと思える笑みに映った。

「まだまだ《大魔導士》として未熟ね。……でも、これから頑張って修行して、いつかローザ様に認められるような凄《すご》い《大魔導士》になりたいな」

「エステル……」

「なんだ、大丈夫そうじゃない」

「わふー♪」

「よかったです」

敗北を前向きに捉えているエステルに、四人はホッとするのだった。

◇　◇　◇

エステルとの戦いが終わった後、その疲れを癒《いや》すため、エステルを含む女子陣は案内も兼ねて要塞村自慢のお風呂へと向かうことになった。

夕食の準備が始まるまで、まだ少し時間があるので、トアはある作業をするため要塞内にある広間へと足を運んだ。

ここはその構造から元々応接室――それも、ただの応接室でなく、高価そうな調度品に彩られたそこは、恐らく高官などを招き、研究成果を報告するために用意された部屋ではないかとトアは推測していた。

その部屋も、今ではトアのリペアとクラフトで大幅に作り直され、ゆったりとくつろげて快適に過ごせる談話室の役割を果たしていた。

村民が自由に出入りできる部屋だが、トアが来た時には誰もいなかった。

トアは部屋の中心に設《しつら》えられた大きい長方形の机の上に、ランプ作りで使用した物よりも一回り小さな木材を置き、彫刻用の短剣でそれを刻んでいく。

作業開始からしばらくすると、ローザとシャウナのふたりが部屋へと入ってきた。

「おや、先客がいたか」

「お主がひとりとは珍しいのぅ」

ふたりの手にはそれぞれ果実酒の入った瓶とグラスがあり、どうやら夕食前にここで飲むつもりだったらしい。

「エステルたちはお風呂で、フォルは夕食に使う食材選びをしていますよ」

「そうじゃったか」

「そうだ。シャウナさん、地下迷宮はどうでしたか？」

「とても楽しかったよ。旧帝国の繁栄と崩壊……その歴史が詰まったような空間だな。とても調べ甲斐《がい》がありそうだ」

さすがは考古学者。

言い回しや視点が他の者たちとは少し違う。

ローザとシャウナはトアと対面になる形で座ると、早速グラスへと果実酒を注いでいく。

「そういえば、君は随分と村長の幼馴染《おさななじみ》を買っているようだね」

「なんじゃ、見ておったのか」

「よく言うよ。最初から私の存在には気づいていただろう？」

「まあのぅ」

酒を飲みながら会話を楽しむふたりだったが、やがてその関心は短剣で木を削る作業に没頭しているトアへと向けられた。

「随分と小さな剣じゃな。フェルネンドではそんな物が流通しておるのか？」

「これはジャネットに作ってもらった特注品なんですよ。俺が昔住んでいたシトナ村では一般的に使われていたんですけど、あまり出回っていないみたいなので作ってもらったんです」

説明している最中も、トアは器用に小さな剣を操って木材を削っていく。それはやがて牛の形へと姿を変えていった。

「手慣れているね。あの短時間でこんな立派な工芸品を作りあげるなんて」

「見事なものじゃなぁ。誰かに教わったのか？」

「親父《おやじ》が得意だったんです」

「！　悪いことを聞いたのぅ……」

ローザはトアの過去を知っている。

魔獣の襲撃を受け、壊滅した村の生き残りであるトアに、亡くなった両親の話題はよろしくないと思ったローザであったが、当のトア自身はあまり気にしていないようだった。

「いえ……ランプを作っている時、ふと親父のことを思い出したんです。それで、なんだか懐かしくなって作ってみようかなって」

トアの父は木こりだった。

村では中心的な存在で、誰からも頼られていた。そんな父を、トアは心から尊敬し、誇らしく思っていた。

村が魔獣に襲われた時も、倒れる家屋からトアを守るために自らを犠牲にして、その若い命を散らした。

「村では毎年、今くらいの時期に収穫祭が行われていたんです」

「収穫祭？」

「一年の豊作に感謝すると同時に来年の豊作を祈る。そのために、一定の年齢を越えた村人全員が手作りの木彫り人形を村の中央広場に飾るんです」

「なるほどのぅ。お主の手先の器用さはそこで培われたのか」

「そうなんですよ。──よし、これで完成だ」

トアは完成した木彫りの金牛人形をテーブルに置いた。

すると、ローザは顎に手を添えて何やら考え込み、それがまとまるとポンと手を叩《たた》いてトアに提案する。

「……のぅ、トアよ」

「はい？」

「この村でもやらんか？　……要塞村オリジナルの祭りを」

「えっ？　お祭りを？」

「おお！　いいアイディアじゃないか」

ローザの提案にシャウナも賛同する。

「お主の村の収穫祭を参考にして、新しい祭りを作るのじゃ。この村の民は騒ぐのが好きじゃからのぅ。村長の故郷の祭りをやると言ったら、皆きっと喜んで協力するじゃろう」

「要塞村のお祭り……」

子どもの頃、何よりも楽しみだったイベントをこの要塞村でやれる。

想像しただけで、トアの胸は高鳴った。

「どうじゃ？　結論は出たかのぅ」

そう尋ねるローザだが、トアの顔つきを見れば、答えは手に取るように分かった。それでも、村長自らの口から答えを聞くため、あえて質問したのだ。

その後、トアの口から語られた答えは、ローザが想定していた通りのものだった。

「やりましょう！　要塞村のお祭りを！」

ここに、要塞村オリジナル祭の開催が正式に決定したのである。

◇◇◇

翌日。

トアは要塞村に住む各種族の代表者たちを円卓の間に集めた。

この円卓の間は、トアの私室のすぐ近くにある。

室内の構造はトアがローザやシャウナと話していた談話室に近いが、最大の違いは中央にあるテーブルが、部屋の名前の由来となっている円卓であるという点。

ここを発見した当初は、石造りの床にさまざまな書類が散らばっており、暗号で書かれているそれは、恐らくこの無血要塞ディーフォルで開発されていた魔法兵器に関する情報であると推察された。

ローザ曰《いわ》く、旧帝国に関する資料はすべてセリウス王国が押収したので、ここに残っているのはもうどうでもいい資料ばかりだろうとのことだった。

ただ、そうした数々の書類や教室でも使っている黒板にチョークというアイテムが発見されたことで、この部屋は話し合いの場——つまり、会議室として使用されていた可能性が高かった。そのため、トアもここを村民たちの間で話し合う場として活用しようと、リペアやクラフトを使って綺《き》麗《れい》な状態に戻したのだ。

この円卓の間に集まった者は次の通り。

銀狼族からジンとマフレナ。

王虎族からゼルエス。

ドワーフ族からはジャネットとゴラン。

大地の精霊からはリディス。

モンスター組からはオークのメルビン。

ここにエステル、クラーラ、フォル、そして八極のふたりを加えた面子が、代表者として円卓の間に集められた。

その理由は、新たに開催されることとなった要塞村オリジナルのお祭りについて、どのような形にしていくか、その意見交換のためだった。

「祭りか……銀狼族の間では、そのような催しを開いたことがないな」

「王虎族も同じく。宴会ならしょっちゅうやっていたが、あれはほとんど大人しか楽しめていなかった」

「ドワーフ族もそんな感じですね」

「我々モンスターも、そういった行事とは無縁でした」

ジン、ゼルエス、ジャネット、メルビンの四名の発言から、要塞村に住む大半の種族が、お祭りという行事になじみがないという新事実が発覚した。

そこでトアは、手始めに故郷シトナ村で開催されている収穫祭の内容を、エステルと共に代表者たちへ説明していった。

「シトナ村の収穫祭では、その年の豊作を願って、村民たちが自分の手で木彫りの人形を作り、それを村で一番大きな木の根元に用意した祭壇に供えるという風習がありました」

「ふむ。ただ騒ぐだけでなく、目的があるのだな」

「それも、村の繁栄に関わることである、と」

「いつもの宴会とは違った交流の形というわけですね。なんだか、聞いているだけでワクワクしてきますよ」

ジン、ゼルエス、メルビンはトアからの説明を受けてなんとなくお祭りに対するイメージが思い浮かんできたようだ。

ここで、ジャネットが疑問を口にする。

「でも、要塞村にはリディスさんたちがいますから、収穫という面で苦労することはなさそうですけど」

「そうなのだ～。心配いらないのだ～」

「ジャネットの疑問はもっともだし、リディスさんたちの力も信頼しています。だから、この村のお祭りについては、収穫への願いでなく、別の内容にしようと思うんです」

「だったら、神樹への感謝なんてどうかしら」

そう提案したのはクラーラだった。

「この要塞村はトアの能力やみんなの頑張りで大きくなってきたけど、神樹の持つ魔力の恩恵もたくさん受けてきたわけだし、きっとこれからもお世話になると思うのよ。だから、まずシトナ村のお祭りに出てくる木彫りの人形を要塞村のみんなで作る。それをお供えすることで、神樹への感謝の気持ちを表すっていうのはどうかしら」

「なるほど。村民であれば、頑張りに対して何かしらの形で還元はできますが、物言わぬ神樹については、その恩恵に対する感謝の気持ちを忘れがちですからね。クラーラ様のアイディア、僕は良いと思います」

フォルは、クラーラの意見に賛成する。それを皮切りに、他の村民たちからも「いいんじゃないか」と好感触を得たようだった。

「クラーラの言う通りだ。よし、要塞村のお祭りは『神樹へ感謝の思いを伝えるお祭り』……神樹祭ということで決定したいと思います」

トアが全体にそう呼びかけると、「異議なし」の声が円卓の間に轟《とどろ》いた。

ただ、お祭りをするには、諸々《もろもろ》準備するための時間が必要になってくる。

そこでトアは、今からをその期間に充てて、お祭りの本番は五日後にするということを参加した代表者たちに呼びかけて、話し合いは終了したのだった。

◇　◇　◇

まずトアが取りかかったのは木彫りの人形作りに必要となる木材集めだ。

基本的に大きさは自由なので、倒木を中心に探して目ぼしい物を要塞村へと持ち帰る。

道中でハイランクモンスターに襲撃されたりもしたが、そこは屍《しかばね》の森で生活を始めてから長い期間が経《た》っていることもあって扱いは慣れたもの。一瞬のうちに蹴散らしていった。

「ここで暮らしているだけでどんどん強くなれそうね」

要塞村での初作業となるエステルも、得意の魔法でトアやクラーラたちを援護し、勝利に大きく貢献していた。

木材を調達すると、それを村民たちに配布して人形作りへと移る。

トアは村民たちに手本を見せるため、集会場で腕前を披露。その器用さに村民たちからは歓声があがった。

それから、トアの作品を見本にして本格的に作業を開始する。その間、女子たちはここでも会話に花を咲かせていた。

「へぇ～、シトナ村のお祭りってそんなこともするのね。オーレムの森にはそういうのはなかったから新鮮だわ」

「鋼の山も同じです。工房にこもって作業ばかりだったので、お祭りは初体験ですね。お酒飲んで騒ぐ宴会は毎日のようにありましたけど」

「ふふ、確かに大人は朝から次の日の朝まで飲み明かすって人もいるわね。でも、お酒を飲まなくても楽しいわよ」

「エステルさんの笑顔を見ていたら、それは十分に伝わりますね」

「そうね。あ、それで、ここからどうすればいいの？」

「あ、それはね――」

エステルとジャネット、クラーラが仲良く木彫り人形作成に力を入れている。

「わふぅ～……私はこういう細かい作業が苦手です」

「大丈夫よ、マフレナ。一緒に作りましょう」

「わふ♪　ありがとう、エステルちゃん」

その輪にマフレナも加わり、男子が近づきづらい空気が増していく。

「エステルもすっかり皆と打ち解けたのぅ」

「みたいですね」

「やはり、同盟を結んだのが大きいか……」

「同盟？　なんのことですか？」

「いや、こっちの話じゃ」

ローザは何やら意味深な笑みを浮かべながら「ワシも作るとするかのぅ」と言い残して去っていった。

とりあえず、女子組は問題なさそうなので、トアは当初の予定通り、他の村人たちの様子を見て回ることにした。

まず訪ねたのはオークのメルビンが中心となって木彫り人形作りに精を出しているモンスター組だ。

「やあ、メルビン。調子はどうだい？」

「トア村長！　見てください、ここまでできましたよ！」

オークのメルビンは自信作をトアへと見せる。それはいつも漁で捕まえている魚のようで、不器用ながら一生懸命作ったことが伝わる作品であった。

「これからの豊漁を祈って、魚の形にしてみました」

「ははは、メルビンらしいな」

「村長！　俺のも見てくだせぇ！」

「こっちも力作でさぁ！」

モンスターたちは次々に自分の作品を村長であるトアへ見せていく。

「みんな凄《すご》いな。夜までに完成できそう？」

「「「「おおう‼」」」」

モンスターたちは威勢よく返事をする。どうやら、彼らは問題なさそうだ。

次に訪れたのはドワーフたちの工房。

ここについては見回る必要もなさそうなのだが、ちょっと嫌な予感がしたので覗《のぞ》いてみることに。

ドアを少し開けて中の様子を窺《うかが》ってみる。すると、

「うぅぅぅぅむ……」

しかめっ面で木材を見つめるゴランが視界に飛び込んできた。

本来、村人みんなで楽しむことを目的とした木彫り人形作りなのだが、そこは物作りにこだわりを持つドワーフ族。たとえお祭りの一環だとはいえ、一切の妥協を許す気配がない。

「くっ！　この程度では満足できん！」

「もっとだ……もっとディテールを！」

「なんて奥が深いんだ！　木彫り人形！」

熱気に包まれる工房のドアをそっと閉じて、トアは次の村人のもとへ。

やってきたのは地下迷宮。

ここで木彫り人形作りに励んでいたのはフォルとアイリーンだ。

幽霊のアイリーンについては物を掴《つか》むことが困難なため、フォルが代理として作製をすることになったらしい。

「どうだい、フォル」

「見てください、マスター。我ながらなかなかのクオリティだと思うのですが」

「おじさまはとっても器用ですの！　次はこっちの木材で熊さんを作ってください！」

「はっはっはっ、お安い御用ですよ」

「一応言っておくけど、人形はひとり一体だからね」

「承知していますよ。これは僕からアイリーン様へのプレゼントです」

「きゃー♪　ありがとうございます、おじさま！」

仲睦《なかむつ》まじく人形作りに励むアイリーンとフォル。

しかし、他の冒険者組は悪戦苦闘していた。地下迷宮冒険者ギルドに集う豪胆な猛者たちはこういった細かい作業は慣れていないらしい。

「ったく、情けねぇ連中だ。それくらいサクッと作れねぇでどうする」

これには冒険者ギルドをまとめるテレンスも呆《あき》れ気味《ぎみ》だ。ちなみに、テレンス自身はすでに人形を完成させている。

「あれ？　そういえば、シャウナさんは？」

この要塞村に移住してからずっとこの地下迷宮に入り浸っていたシャウナ。てっきり、ここで冒険者たちと一緒に製作をしていると思ったが、その姿がどこにも見えない。

「ああ、シャウナ殿なら外だ。なんでも、自分の作品にはもっと木材が必要になるとか言っていたが……相当な大作を用意しようとしているみたいだ」

「外ですか……分かりました。探してみます」

大作という点が妙に気になったトアは外へ出て捜索を開始。

具体的にどの辺りにいるかという情報さえないため、難航するかもと覚悟していたが、目的の人物は思いのほかすぐに見つかった。

「ふふふ、いいぞ……これは私の生涯最高の傑作となる……」

不気味な笑いと共に、シャウナは三メートル近い木材を削っていた。ドワーフたちからもらった剣だけでなく、自身がひとり旅の間に愛用していた刃物も織り交ぜて削ることで、より繊細な表現を可能としていた。

トアはその力作を前に開いた口が塞がらない。

本職であるドワーフたちにも負けないクオリティなのだが、問題はそのモデルだ。

「あ、あの、シャウナさん？」

「おお！　トア村長か！　どうだ、私の渾身《こんしん》の力作は！」

「す、素晴らしいです。まるで本当に生きているみたいで……今にも動きだしそうな感じがしますよ」

「そうだろうそうだろう」

満足げに頷《うなず》くシャウナ。

確かに完成度は高い。ドワーフたちが作っていた物と比べても見劣りしない出来だ——が、そのモデルと構図に問題があった。

「ただ、このふたりの女の子……完全にクラーラとマフレナですよね？」

「そうだが？　何か問題があったかな？　ああ、本当はジャネット嬢もここに加えたかったのだけどねぇ……木材が足りなくなってしまったんだ。あとで追加しておくつもりだよ」

クラーラとマフレナだというふたりの女の子が見つめ合いながら抱き合っている木彫り人形。あのふたりのことだから恥ずかしがりそうなものだが、クオリティ自体は高いので却下するのは勿体《もったい》ない気もする。

「あ、ちなみにこれが完成予定図だ」

「はあ……ちょっ⁉」

シャウナが提示した完成予想図によると、クラーラとマフレナのふたりは裸体だった。さすがにこれを許可するわけにはいかない。

「シャ、シャウナさん、ちょっとこの作品は――」

「そうだ。ちょうどトア村長に聞きたいことがあったんだ。実はふたりのバストサイズについて詳細な情報がほしいのだが」

「なっ⁉　そ、そんなの俺が知っているわけないじゃないですか⁉」

「そうなのかい？　君なら熟知しているものだとばかり」

ニヤニヤしながら語るシャウナ。

恐らく、トアの反応を見て楽しんでいるのだろう。

「と、とにかく、それはダメですから！」

「仕方あるまい。ならばこっちの小さな蛇の人形を持っていくとするか」

「できてるじゃないですか⁉　なんでこんな大きいの作ろうとしたんですか⁉」

「コレクション用かな」

あっけらかんと答えたシャウナは地下迷宮で頭を悩ませる冒険者たちの作業を手伝うため地下迷宮へと戻った。

放置されていたトアはハッと我に返る。

そしてふと、王国戦史の教本に書かれた記述を思い出した。

八極——黒蛇のシャウナ。

歴代最強の獣人族と噂《うわさ》されるほどの実力者。終戦後は考古学者として世界を飛び回る彼女は、八極の中では数少ない戦後の消息がハッキリと認識されている人物でもある。

その鋭い観察眼と、豊富な知識で世界中のあらゆる古代遺跡の謎を解き明かしてきた。多くの国の国王から勲章をもらい、自身の功績を記した著書も世界中で発売されている。トアもその本を読んだことがあり、そこから黒蛇のシャウナという人物の人間性について、「頭が良くて真面目なエリートタイプ」というイメージを抱いていた。

が、実際のシャウナはそのイメージを根本から覆すような人物だった。

気さくで話しやすい、そして女の子が好きな残念美人。

口にはしないが、トアの抱いたシャウナの印象はそんな感じだ。

思えば、枯れ泉の魔女ことローザ・バンテンシュタインについても、最初に抱いていた人物像とはだいぶかけ離れていた。もしかしたら、他の八極も、トアの思い描いている人物像とまったく違っているのかもしれない。

そんなことを考えているうちに、すでに日は傾き、夜が迫りつつあった。

初日はほとんどの村民が木彫りの人形作りにその時間を費やしたが、明日からはさらに作る物が増える。

それを肝に銘じ、トアは夕食作りの手伝いをするため調理場へと向かうのだった。

◇　◇　◇

次の日の作業は午後から行うこととなった。

午前中は狩りや漁といった仕事をこなし、それが終わって昼食をとってから、神樹祭の準備に取りかかる。

まずはお祭り当日に完成した木彫りの人形をセットする祭壇の用意。

これについては構造が複雑なため、クラフトではなく、トアが起こしたイメージ図をもとにドワーフたちが製作することになった。

場所としては、神樹の根が浸《つ》かる地底湖が最適だろうというトアのひと言により決定。祭壇の設置に伴い、地上から地底湖まで続く階段や道には村の子どもたちが作ったランプをセットし、夜でも安全に通れるようにしようと、現在も改装中である。

続いてはメインとなる会場の場所決めだ。

これについてはやはり神樹への感謝を捧《ささ》げるお祭りなので、地上に出ている神樹の周りで執り行われることになった。

そのため、神樹からもっとも近い位置にある、まだ手つかずの状態だった中庭のひとつを急遽《きゅうきょ》メイン会場として使用することとなった。

要塞農場ほどの広さはないが、神樹を間近に眺められ、おまけに調理場からも距離が近いため料理の運搬が楽だというメリットがあった。

ただ、まだ整備のされていない場所のため、背の高い雑草が生い茂り、地面も荒れ放題と問題が山積み。

とりあえず、手の空《す》いた者から中庭の整備に着手することとなった。

協力して雑草を処理し、ツルハシなどを使い地面をほぐして大きな石などを除去していくと、広くて快適な空間へと変身を遂げた。また、適当な感覚で植えられていた枯れ木は、大地の精霊の魔力により復活。中庭は深緑の美しい木々に彩られた。

「思ったよりも早くできたね、フォル」

「要塞農場を造る際に培った技術と体力が見事に生かされた結果ですよ、マスター」

この要塞村での生活が長くなってきたことで、トアを含む村民たちの体は土木作業に順応したものへと変わっていたようだ。

ある程度形が整うと、いよいよ本格的に特設会場の製作に当たった。

これは子供向けの遊びだったり、大人向けに酒や軽食を提供したりするための屋台をいくつか連ねることによって完成する。この屋台は各種族がそれぞれ数店受け持つことになっており、どのような店にするかは種族ごとで相談して決めるようにしていた。

アイディアのもとになるのは、トアとエステルの住んでいたシトナ村の収穫祭で実際に出ていた屋台。その内容を参考にしつつ、自分たちでオリジナルのアレンジを加えていく方向で話は固まった。

各種族がそれぞれ盛り上がりながら作業を進めていく中、トアは昨夜ふと思いついたある不安点を思い出す。それを早急に解消するため、トアは神樹祭を開催するという旨をある人物に報告するため、外出の準備を始めていた。

その人物とは領主チェイス・ファグナスだ。

神樹祭は大規模なお祭りとなりそうなので、チェイスから了承を得なければいけないのではと思い立ったのだ。

すべての準備が整う前に、その確認を行うため、トアは各種族の代表者たちへ外出すると伝えてから、ファグナス邸を目指して村を出た。


ファグナス邸を訪れたトアは、屋敷を守る兵長のチャーリーにアポなしだが当主のチェイス・ファグナスと話がしたいと告げる。

急な来訪だったが、運良くチェイスは屋敷にいるとのことですぐに会うことができた。

有能執事のダグラスに案内されていつもの応接室へと入ると、すでにチェイスがイスに座って待ち構えていた。

「何か非常事態でも起きたのかい？」

「あ、いえ、問題事というわけではなく、実は――」

トアは神樹祭の開催について、チェイスに詳細を説明する。

最初は普通に聞いていたチェイスだが、次第にその瞳がキラキラとまるで少年のような輝きを灯《とも》していき、相槌《あいづち》の音量と派手なリアクションがどんどん増していく。

「祭りか……素晴らしいな！」

興奮するチェイス。トアの想定していた百倍は食いつきがよかった。

「ダグラス！　祭り当日の私のスケジュールはどうなっている！」

「午前中は領地内にある新鉱山開拓の進捗状況について、シュルツ鉱夫長から報告を受けることになっております。その後はセリウス城へ向かい、第二王子であるケイス王子との会食が予定されております」

テンションが跳ね上がっているチェイスにいきなり話を振られても、ダグラスは慣れているらしく、冷静に答えていった。

「つまりその後はフリーなのだな！」

「はい。どこで何をされようが問題ありません」

さすがにそれはまずいのでは、とツッコミを入れようとしたトアだが、チェイスはそんな間を与えずに宣言する。

「私も祭りに参加する」

「えっ⁉　だ、大丈夫なんですか⁉」

「予定は聞いただろう？　何も問題はない」

「いや、予定面じゃなくて安全面を……」

「それも問題はなかろう。何せ八極がふたりもいるのだからな」

「あっ」

不覚にも、「言われてみれば」と納得してしまうトア。

それでも、やはりセリウス王国内でも有数の大貴族であるファグナス家の当主が、ハイランクモンスターのうろつく屍《しかばね》の森にある要塞村のお祭りに参加するのはまずいのではないかという気持ちが勝っていた。

ただ、村長としては、領主のチェイスに成長した要塞村の姿を直に見てもらいたいという気持ちがあるのも事実である。

どうしたものかとトアが腕を組んでいると、ダグラスがジッとこちらへ視線を送っていることに気づく。顔をあげてダグラスと目が合うと、彼は静かに頷《うなず》いた。言葉にこそしてはいないが、「諦めてください」と言っている気がする。

一度決めたことはそうそう曲げない。

チェイスの性格をよく知るダグラスはそう訴えているようだ。

これが決め手となり、トアも折れる。

「分かりました。ただ、安全確保のため、当日はうちのクラーラとフォルを屋敷へ迎えとして送ります」

「助かるよ。うちを守る兵たちも決して弱くはないのだが、さすがに相手がハイランクモンスターとあってはねぇ……やむなく私自らが戦いに出るところだった」

いつもの調子で豪快に笑っているが、トアが護衛の提案をしなければ、きっと冗談ではなく、本当に完全武装して要塞村へ向かうつもりだったのだろう。相変わらず貴族とは思えないくらいフットワークが軽いなぁ、とトアは変に感心するのだった。

「祭り当日を楽しみにしているよ、トア村長」

「はい！　期待に応えられるような楽しいお祭りにします！」

開催の報告をするだけのはずが、急遽チェイスが参加することになった。

トアはファグナス邸から一旦村へ戻ると、今度はローザの空飛ぶ箒《ほうき》に乗せてもらいながら鋼の山を目指した。

ここにはジャネットの父であり、鉄腕の異名を持つ八極のひとり、ガドゲルへ祭りの開催を知らせにきたのだ。

「神樹祭か……いいじゃねぇか。面白そうだ。参加させてもらおう」

ガドゲルもチェイス同様に、お祭りへの参加を早々に表明してくれた。

「ちなみにじゃが、要塞村には新しくシャウナが住むことになった」

「シャウナ⁉　あの黒蛇が⁉」

要塞村にシャウナが住むことを告げると、ガドゲルは大声をあげて驚いた。

「あいつは考古学者として世界中の遺跡発掘現場へ飛び回っていると聞いたが、ついに定住する覚悟を決めたのか……」

「まあ、要塞村にも地下迷宮があるしのぅ……旧帝国の研究施設なわけじゃし、ヤツの興味をそそるには十分じゃろう」

ローザからの説明を受けても、ガドゲルは腑《ふ》に落ちていない様子。付き合いが浅いとはいえ、もう何度も接しているトアとしても、自由奔放な感じに見えるシャウナが居着くとは到底思えなかった。

しかし、地下迷宮の存在を知ってからは、よくそのことでテレンスたちと談笑するなど、楽しそうに生活している。そのことから、少なくとも、二、三日で村を出ていくようなことはないだろうとトアは感じていた。

「当日は極上の酒と、祭りの開催を祝して何か作って持っていこう」

「ありがとうございます！」

「お主らは祭りを楽しむというより、最初から最後までただひたすらに飲み明かしていそうじゃがな……」

呆《あき》れたように呟《つぶや》くローザの声は、トアとガドゲルの耳には届いていなかった。

こうして、要塞村神樹祭はその規模がますます大きくなっていくのだった。

◇　◇　◇

迎えた神樹祭当日の朝。

要塞村周辺には完成した二十近い屋台が立ち並んでいた。

この屋台、昼間は各種族が考えた出し物をメインにしているが、夜になると食べ物を調理する屋台へと様変わりする。それがそのまま夜の大宴会用の料理として振る舞われる予定となっているのだ。

また、神樹の周りには要塞村の村民たちが作った発光石の埋め込まれているランプが至るところに設置されており、特に神樹の周辺は色鮮やかな飾り付けが目を引く。

朝食を済ませると、フォルとクラーラはファグナス家へと出発。

それ以外の村民たちは、ひと足先にお祭りを始めることとなった。

木彫りの人形の飾り付けは最後の大宴会の前に行うので、その時間までは新しく造った特設会場で過ごすことになっている。

ステージで銀狼族の若者たちがお祭りを盛り上げる音楽を演奏しだしたのを皮切りに、村民たちは待っていましたとばかりに中庭特設会場内を駆け回り始めた。一部の大人たちは、大きめのテーブルを設置して朝から酒盛りを始めている。

始まってから少し経《た》った頃、フォルとクラーラがファグナス家ご一行を連れて戻ってきた。

「トア、ファグナス様をお連れしたわよ」

「道中は特にこれといってトラブルはありませんでした」

「そうか。それならよかった」

「強いて言えば、クラーラ様がしきりに『トアと一緒にお祭りを回りたい。ああ、でも……』と頬《ほお》を赤らめながら悩み悶《もだ》えて――」

「ふん！」

クラーラの放ったパンチは的確にフォルの頭部を捉え、軽々と吹っ飛ばし、要塞の外壁に深くめり込ませるのだった。

「あれが要塞村名物の《エルフによる兜飛《かぶと》ばし》か……」

感心したように呟くチェイス。

どうやら、クラーラとフォルのやりとりは、ファグナス家で妙な名前をつけられ、それが定着しているようだった。

気を取り直して、トアはチェイスへ挨拶をする。

「本日はお越しいただき、ありがとうございます」

「そうかしこまらなくてもいい。楽しませてもらうよ。ああ、うちの使用人たちも一緒だが、大丈夫かな？」

「問題ありませんよ」

ファグナスの護衛としてついてきた屋敷の兵や執事にメイドといった使用人たちも何人か同行し

ているようで、チェイスからのゴーサインが出ると屋台へ凄《すご》い勢いで散っていった。どうやら彼らも相当楽しみにしていたらしい。

「コラ！　おまえたち、もう少し主人に気を遣えんのか！」

置いてけぼりを食らったチェイスは憤慨するも、すぐに酒の席にいたジンとゼルエスに呼ばれて早速一杯やることにしたようだ。よく見ると、その席には前日に前乗りしていたガドゲルの姿もある。

「……物凄い面子だなぁ」

伝説の獣人族（×2）、八極、大貴族――普段なら絶対に顔を合わせそうにない面々が、馬鹿笑いをしながら酒とつまみを囲んでいる。滅多《めった》に見られない光景だ。

「さて、クラーラも合流したことだし、私たちもお祭りを楽しみましょう、トア」

「わふっ！　行きましょう、トア様！」

「いろいろ見てみたいところがあるんですよね？」

「そうだった。よし、俺たちも楽しむとするか」

エステル、マフレナ、ジャネットの三人に、クラーラを加えた四人と共に、トアは村民たちが企画した屋台の出し物を見て回ることにした。

一行が最初に訪れたのはドワーフたちが運営する屋台だった。

そこにはいくつかの棒が地面に埋め込まれ、外へ露出した部分へ村民たちが輪っか状に加工された木材を放り投げていた。

「何これ？」

「わふっ！　あの棒にこの輪っかを引っかけるみたいですね！」

ひと足先に屋台へと着いたクラーラとマフレナは王虎族の子どもたちが遊んでいる様子を見ながらルールを分析していた。そこへ、この屋台の責任者であるゴランがやってきた。

「いらっしゃい、村長。それにみなさんも」

「ゴランさん、このゲームって、あの棒に木の輪っかを引っかけるってことでいいの？」

「それで合っていますよ。やってみますか？」

ゴランが輪っかを差し出すと、まず名乗りをあげたのはマフレナとクラーラだった。

「わふっ！　やりたいです！」

「私もやらせてもらうわ！」

鼻息も荒く、ゴランから輪っかを受け取るふたり。

「ちなみに、成功すると何かもらえるの？」

「あの木を引っこ抜くとそこに番号が書いてあってね。それに合わせて景品をあげるんだ」

ゴランが指さす先にはさまざまな景品が並んだ棚があり、それには番号の書かれた紙が貼りつけてあった。

「了解。一発で仕留めるわ！」

「わふわふっ！　私も頑張ります！」

「……壊さないでくれよ？」

細かいことを気にしない、気迫溢《あふ》れるパワータイプのふたりへ最初に輪っかを渡してしまったことを、ゴランはちょっと後悔したのだった。


「……これはひどい」

輪投げの結果は散々なものだった。

当たるどころかかすりさえもせず、クラーラとマフレナは合計六つの輪っかを投げ終え、がっかりと肩を落としている。

マフレナは方向がまったく定まらない状態で、クラーラに至っては力を入れすぎたせいで地面に埋めた木の棒が切断されていた。

「慎重に投げるとかそれ以前の問題だよなぁ……」

正直言って、改善できそうなビジョンがまったく見受けられないほどの下手さ加減だった。

「わふ……想《おも》いの強さがそのまま力になってしまいました」

「……景品を手に入れたいという執念がそうさせたのよ」

拗《す》ねるように言うクラーラに対し、トアは肩をポンと叩《たた》いて励ましの言葉を送った——すると、

「はい。エステルはローザ殿が厳選した魔法書三点セットだ」

「やった♪」

「こちらはお嬢がゲットしたガドゲル親方お手製のお守りです！」

「……何か、作為的なものを感じますが？」

「！　や、やだなぁ。本当に偶然ですって」

「今、露骨に目をそらしましたね？」

同じく輪投げに挑戦したエステルとジャネットはゴランから景品を受け取っていた。

「な、なな、なんで⁉」

「こういうのはコツがいるんですよ」

「力まずにそっと投げればいいのよ」

成功者ふたりにアドバイスを受けて、クラーラは泣きの一回を要求。その熱意を受け取ったゴランはクラーラに輪っかをひとつだけ与える。

「やるわよ……」

クラーラが深呼吸をして腰を落とす。

いつの間にか周辺からの注目を一身に浴びて、クラーラは輪っかをそっと放り投げた。

「あっ！」

その軌道に、思わず投げた直後に叫ぶクラーラ――それは確かな手応えの証《あかし》でもあった。クラーラの一投は見事木の棒に収まり、景品をゲットできた。

「凄いですよ、クラーラちゃん！」

「よかったぁ……」

輪投げひとつに大袈裟《おおげさ》な、と思うトアであったが、何事にも一生懸命なクラーラらしいと考えを

改める。こういうひたむきさがあるから、いつも剣の修行を頑張れているのだ。

「さて、お待ちかねの景品だけど……」

棒を引っこ抜いて、そこに書かれた番号を確認する。

「十五番か……お、これだな」

並ぶ景品の中からゴランはクラーラがゲットしたものを探しだして手に取る。一方、クラーラは今か今かとワクワクしながら景品を待っていた。

「はい、これが景品――フォルの直筆サインだ！」

「………」

クラーラの表情が一瞬で死んだ。

いつもなら「何やってんのよ、あいつは！」と力いっぱい色紙を引き裂くところだが、エステルたちのアドバイスとゴランの心遣いで手に入れただけに雑な扱いができず、静かに受け取ることにした。

「おや？　やはり僕のサインはクラーラ様が引き当てましたか」

すると、そこへタイミングがいいのか悪いのか、フォルがやってくる。

「あんた……サインなんて作ってたの？」

「いざという時の備えですよ」

「何を想定したら『サインを考えておこう』なんて答えが出るのよ！」

「まあまあ、落ち着いてください。今日はみなさんに是非ともご覧いただきたい僕の追加機能があるんですよ」

「「「「追加機能？」」」」

自らの手で追加機能を取り付けたジャネット以外の四人は、フォルの新たな機能に強い関心を抱いた。

「ですが、フォル。あの機能はうまく作動しなかったのでは？」

「使用方法を正しく理解していなかったのです。その効果について、今からステージで披露したいと思います」

言い終えると、フォルはステージへと駆けあがり、楽器演奏をしていた銀狼族の若者たちへ合図を送る。どうやら事前に打ち合わせをしていたようで、ひと際派手な音楽が鳴り響き、会場中の視線をかき集めた。

「それではみなさまにご覧いただきます。僕の新機能——物まねを！」

再びそう宣言し、会場はさらにヒートアップする。

「物まね、ねぇ……ただの一発芸じゃないの？」

「誰の物まねかしら」

クラーラは興味なさげだが、エステルはワクワクと瞳を輝かせている。

周囲からの注目度は高いが、フォルは緊張感を微塵《みじん》も感じさせず、「では」と小さく咳《せき》払いをしてから第一声を発する。

『わっふぅ～！　トア様、カッコいいですぅ～！』

「「!?」」

会場は騒然となる。

それは物まねというにはあまりにもクオリティが高かった。

「――ていうか、物まねって範疇《はんちゅう》を越えているでしょ！　完全にマフレナの声じゃない！」

「す、凄いですぅ……」

「改装直後はなんともなかったのに……まさかそんな機能だったなんて」

「続きまして、エステル様」

ざわつきが消えない中、フォルは再び声を出す。

『光の矢よ。主である我の願いを聞き入れ魔を滅せよ――はあっ!!』

「エ、エステルそのものね」

「わ、私あんな声なのね……」

「お次は、ジャネット様」

「わ、私ですか!?」

『知らない！　お父さんのバカ！』

「ああ、初めて鋼の山に行った時のヤツね」

「うぅ……恥ずかしい」

フォルの高クオリティの物まねに会場は大歓声に包まれる。この盛り上がりに気をよくしたフォルは、とっておきのネタを披露する。

「最後はクラーラ様」

「えっ⁉　わ、私⁉」

『トア……今日は部屋に戻りたくないな』

「なんで私だけ捏造《ねつぞう》ネタなのよ！」

クラーラの放り投げた輪投げ用の輪っかが、フォルの頭を吹き飛ばした。

「……ファグナス家への誤解がますます強まるな」

大歓声の中、トアは冷静にそんなことを思うのだった。

頭を追いかけてフォルが退場したことにより、ステージはガランと寂しくなったが、そこへ新たな挑戦者が名乗りをあげる。

「ふむ。ならば次はこの黒蛇のシャウナが芸を披露しよう」

まさかの八極の参戦に、会場は再び盛り上がる。

「……一体何をやる気じゃ？」

喧騒《けんそう》から離れた位置に専用のイスとテーブルを設置し、果実酒を片手にステージを見ていた同じ八極のローザは、少し不安を覚えていた。

「私が行うのはいわゆる早業の類だ」

そう言ったシャウナが手にしていたのは三十センチほどの木材。それを雲ひとつない青空めがけて放り投げた。すると、いつの間にか手にしていた彫刻用の短剣で落下中の木材を斬り刻む。それは恐ろしいほどの超高速で、剣を主戦武器として扱うトアやクラーラでも見極められないほどの速度であった。

だからこそ、ふたりは思った。

いつもは女の子にちょっかいをかける残念美人だが、八極のひとりというだけあってその戦闘力は計り知れない。

黒蛇のシャウナは強い——それも、規格外に。

そんな、トアとクラーラが驚愕《きょうがく》するほどの早業によって完成したのはひとりの少女の人形であった。

「これはエステルだ」

「わ、私ですか⁉」

「そうだ。見ろ。ちゃんと裸だ」

「ちゃんとってどういう意味ですか⁉」

「風呂場で観察し続けた努力の賜物《たまもの》という意味だ」

「「…………」」

前言撤回。

やっぱりただの残念美人なのかもしれない、とトアとクラーラは考えを改めた。

それはともかくとして、さすがにこれは村長として抗議しないわけにはいかない。

「シャウナさん！　なんで裸なんですか⁉　せめて服を着たバージョンにしてくださいよ！」

「だが忠実に再現をしているぞ？　ほら、右胸の下にあるホクロとか」

「あ、本当だ」

「きゃああああああっ‼」

悲鳴をあげながら人形を回収するエステル。

「なんというか……予想通りのオチね」

「期待を裏切らないところはさすがといいますか」

「わふ？」

苦笑いを浮かべているクラーラとジャネットに首を傾《かし》げるマフレナ。だが、外壁にめり込んだ頭を装着し直して戻ってきたフォルは、何かを思案するように腕を組んでいた。

「フォル？　何か考えているの？」

「ジャネット様……いえ、少々気になる点がありまして」

「気になる点って何よ」

「なぜマスターは……エステル様の右胸の下にホクロがあることを知っていたのでしょうか」

「⁉」

顔を見合わせるジャネットとクラーラ。

——真相は、幼い頃、一緒にお風呂へ入った時に知ったのだが、ふたりがそれを知るのはしばらく先のことである。

その後も大盛り上がりを見せる要塞村神樹祭。

お昼の時間帯になると、フォル特製のタレにつけて焼いたトウモロコシや肉の串焼き、そしてキンキンに冷えたジュースなどが振舞われた。

午後になっても、村民たちは屋台でのゲームやステージで行われる楽器演奏や歌声披露に夢中になって堪能し、気がつくと夕闇が迫ろうかという時間になっていた。

頃合いを見計らって、トアは村民たちへ神樹の根が浸《つ》かる地底湖に設置した祭壇へ移動するよう声をかけていく。

地底湖まで続く道は、普段だと早い時間から真っ暗となってしまうためあまり人は寄りつかないのだが、今は手作りランプに埋め込まれた発光石の光により明るく保たれており、安全に地底湖までたどり着けた。

地底湖の畔《あぜ》にはドワーフ族たちがトアからもらったイメージ図を参考に作った祭壇があり、まず代表としてトアが木彫りの人形を置く。それを見たクラーラが口を開けた。

「あ、トアの人形ってもしかして……この要塞村？」

「うん。できる限り細かいところまでこだわって作ったんだ」

「さすがは我がマスター。職人気質《かたぎ》ですね」

「わふぅ……凄《すご》いです！」

「ドワーフ族も感心するクオリティですよ」

「ふふ、トアって昔からこれが得意よね」

「基本不器用だけど、木彫りだけは得意なんだよね。さあ、みんなもどんどん人形を置いていって」

トアの合図をきっかけに、クラーラたちが人形を置き、続いて他の村民たちも祭壇へ人形を置いていく。

「この人形は一年間ここに置いて、来年の祭りの時に新しいのと入れ替えるんだ」

「それが、二人の住んでいたシトナ村の風習ってわけね」

「なんだか、自分の分身に守られている気持ちですね」

「わふわふっ！　私もそう思いました！」

クラーラ、ジャネット、マフレナの三人は村人たちが人形を飾っていく様子を眺めながら、初めてのお祭りの終わりが迫っていることを知り、少し寂しそうだった。

しかし、お祭りは来年もある。

要塞村がこの場にあり続ける限り、神樹祭は終わらない。

シトナ村が消滅するまで、毎年の楽しみとしていたトアとエステルにはそれが分かっていた。だから、ふたり揃《そろ》って「来年もいいお祭りにしよう」と思えたのだ。

「さあ、この後はお待ちかねの大宴会だ」

「そうね。今日はいつもより人数が多いから、きっととても賑《にぎ》やかになるわ」

「まるでいつもが静かな宴会みたいな言い方じゃない」

「わふっ！　賑やかな方がきっと楽しいですよ！」

「……お父さんたち、悪酔いしなければいいけど」

この後の大宴会を楽しみにする者、そしてちょっと心配する者。
さまざま思いが入り混じる中、神樹祭はフィナーレを迎えようとしていた。

エピローグ

会場へと戻ってきたトアたちの目の前には、思わず頬《ほお》が緩んでしまうような光景が広がっていた。

「すっご⁉」

「わっふぅ～♪」

クラーラとマフレナはあちらこちらから漂ってくる料理の香りと視界に飛び込んでくる食欲をそそられる豪快な盛りつけに大興奮。早速料理選びに夢中となっていた。

「そんなに慌てなくても料理はなくならないわよ」

「エステルさんの言う通りですよ、ふたりとも」

ふたりをゆっくりとした足取りで追いかけるエステルとジャネットは、なんだか保護者のような貫禄《かんろく》さえ感じられた。

トアも四人を追って料理の並ぶテーブルへ向かおうとしたが、背後から女性の声で呼び止められる。

「トア村長」

声の主はシャウナだった。

「今日まで村長としての君の技量を見せてもらったが……ジョブの能力も合わせ、素晴らしい手並みだよ」

シャウナは、ここまで要塞村を発展させたトアの手腕を称《たた》えた。

「いや、そんな……でも、俺の力だけじゃなくて、みんながいてくれるから、楽しくなるんだと思います。俺ひとりの力じゃ、きっとこんなふうにならなかったでしょうから」

「……自らの力に驕《おご》りはないか。だからこそ、これだけの種族が君についていくのだろうな」

その小さな呟《つぶや》きは、大宴会で盛り上がっている村民たちの声にかき消されてトアの耳には届かなかった。

「？　シャウナさん？」

「ああ、何、君の人となりがよく分かったよって言ったのさ。それと――」

「シャウナァ！　こっちへ来て一緒に飲まんかぁ！」

話の途中だったが、酔ったローザの怒声のごとき大声で中断された。

「やれやれ、珍しく派手に酔っているな」

「た、確かに……ローザさんがあんなふうになるなんて初めて見ました」

「それだけここが快適という証拠でもあるけれどね」

「そうなんですか？」

「彼女があそこまで警戒心を解き、素《す》の状態を晒《さら》しているのが何よりの証拠さ」

一度大きくため息を漏らしてから、シャウナはローザへ「今行く」という意味を込めて軽く手を振った。

「また後でゆっくりと話そう」

「はい！」

トアとの話は一旦切り上げて、シャウナは戦友ローザのもとへと向かう。

よく見ると、ローザのいるテーブルで酒を飲んでいるのは、ジンにゼルエス、そして八極のガドゲル、さらに領主のチェイスという大物ばかりだ。

普通の村民ならば加わるのを躊躇《ためら》いそうなものだが、そこはローザやガドゲルと共に死線を潜《くぐ》り抜《ぬ》けてきた黒蛇のシャウナ。臆することなくその輪に加わった。

「今宵《こよい》は僕が腕によりをかけた料理の数々をご賞味いただきましょう！」

ステージではフォルが先日トアたちが倒し、保存しておいたトカゲ型モンスターの肉を調理していた。

「巨大トカゲの肉とは実に興味深い！」

もっとも興味を引かれていたのはファグナス家のお抱えコックであり、フォルにとってパン作りの師匠であるブライアンだった。

「ブライアン様の前で失敗はできませんね」

「頑張ってください、おじさま！」

フォルは珍しく緊張した様子だったが、夜になったことで地下迷宮から出てこられるようになったアイリーンに励まされ、手際よく肉を捌《さば》くと大きな鉄板の上で焼いていく。

「ひとつは要塞村産の岩塩で、もうひとつは蜂蜜を使った特製ステーキソースをかけてお召し上がりください！」

トカゲ型モンスターのステーキを食べようと、フォルの鉄板の前にはブライアンをはじめ多くの村民が殺到する。

もちろん、振舞われている料理はそれだけではない。

屋台では各種族の伝統料理が作られていた。

特に、伝説的種族と接する機会がまったくない人間側に、この料理が大ウケ。普通なら絶対に口にできない料理の数々に、感動している者さえいた。

伝統料理以外にも、彼らを驚かせる料理は数多く存在していた。

特に、いつも何気なく食べている見慣れた食べ物が、見たこともないこともない形で提供されていることに驚く者が続出する。

その代表格ともいえるのが、大地の精霊が運営する、要塞農場で収穫された小麦を使って作られたオリジナルパンの数々だ。これには、肉や野菜を挟んだり、果物を練り込んだり、ひと工夫がなされ、ファグナス家の使用人たちだけでなく、鋼の山のドワーフたちを驚かせた。

「噛《か》むたびに果物の甘みが口中に広がる！」

「こっちのサンドウィッチも最高だ！　挟まっているのは何の肉だ？」

「それは要塞村の料理長フォル特製の豚肉の塩漬けを焼いたものです」

「野菜や果物も、すべてこの要塞村で収穫された物ですよ！」

要塞村パン初体験となる者たちからの質問に、村民である銀狼族や王虎族が答えた。

さらに、パンを焼く石窯ではチェイスが差し入れてくれたチーズを使い、大きなピザも焼かれており、それが会場へ運ばれると大歓声が起きた。

「いいなぁ……どれも酒に合う！」

「まったくだ！」

「酒を注ぐ手が止まらねぇ！」

酒飲みが多い鋼の山のドワーフたちは、大量の酒を差し入れてくれた。そのため、自然と料理も酒のつまみになりそうな物が多くなってくる。しかし、これがドワーフたちだけでなくファグナス家の関係者たちにも喜ばれた。

そんな楽しい時間が進み、辺りが暗くなってくると、手作りランプに埋め込まれた発光石から淡い輝きが放たれ始める。

「凄い！」

「わふぅ～……」

「幻想的な光ですね……」

果実ジュースを片手に、クラーラたちはランプの光をうっとりと眺めていた。

「トア、見て！　凄いわ！　とっても綺麗《きれい》！」

ランプの光に照らされるエステルは、聖騎隊にいた頃には見たことがないくらいテンションが高くなっている。無邪気にトアの手を引っ張っていくその姿は、一緒にシトナ村の収穫祭を見て回っていた時の姿に似ていた。

ふたりがクラーラたちに合流する直前、神樹から金色の閃光《せんこう》が放たれる。

一瞬、何が起きたのかと騒然となったが、しばらくすると空から金色に輝く魔力の粒子がまるで雪のように降り注いできた。

「どうやら、神樹も喜んでおるようじゃな」

「ははは、粋な演出をするじゃないか」

ローザとシャウナが放ったその発言がきっかけとなり、宴会の盛り上がりは最高潮を迎えることとなった。

「本当に賑《にぎ》やかなところね、トア」

はしゃぐエステルを前にして、トアから思わず笑みがこぼれる。

もう二度と見られないと思っていたエステルの笑顔を、またこうして見ることができるという喜びに溢《あふ》れた笑みだ。

「？　どうしたの？」

「あ、いや、エステルが何も変わっていなくてよかったなって思っていただけさ」

「……変わっていなかったのはトアも同じよ」

「えっ？」

「トカゲ型モンスターと戦った時、昔みたいに私を助けてくれたじゃない」

エステルの脳裏に浮かんでいたのは、シトナ村が魔獣に襲われた日のことだった。

「足がすくんで動けなくなった私を、トアは必死に引っ張って魔獣から守ってくれた……この前だ

ってそうだった。トアはいつも私を守ってくれた」

「エステル……」

子どもの頃のように微笑《ほほえ》むエステルを見て、トアは改めて実感する。

また、昔みたいにエステルと一緒に過ごせるのだ――この要塞村で。

それから、咳払《せきばら》いをひとつ挟むと、トアは背筋をピンと伸ばした。

「ねぇ、エステル」

「何？」

振り返ったエステルは、トアの真剣な顔つきに驚きつつ、何か言いたいことがあるのだと悟ってジッと見つめる。

「実は……伝え忘れていることがあるなって」

「伝え忘れていること？」

キョトンとした顔で聞き返すエステル。トアの言う「伝え忘れたこと」について、何も心当たりはないようだ。

「今さらって感じもするけど、きちんと伝えておかなくちゃって思って」

トアは、エステルと共に暮らせるこれからの生活を思い浮かべながら、笑顔でこう告げるのだった。

「ようこそ、要塞村へ」

あとがき

一巻から引き続きお読みいただいている方はお久しぶりです。

二巻からお読みいただいている方はどうもはじめまして。

作者の鈴木竜一です。


今回で二度目となるあとがきですが、未だに慣れていません。これを書いている瞬間も、大好きなグァバジュースを片手に「うーん、何を書こうかなぁ」と唸っております。

いろいろ悩んだ結果、今回は一巻よりもページ数が多いので、これを機会にちょっと自分の執筆歴を振り返ってみようかなと思い立ち、古いＵＳＢを引っ張り出して、自分が初めて新人賞に送った作品を見返していました。

そもそも、夏休みの読書感想文すらまともに書けなかった男が、どうして小説を書こうと思ったのか。そのきっかけはなんだったのか。処女作を読んでいるうちにそんな疑問が沸き上がってきたので、さらに過去へと記憶を遡りました。

思い返すと、今から十数年前――当時学生だった僕は、今と違い活字が大の苦手で、マンガばかり読んでいました。

そんなある時、友人から『フルメタル・パニック!』をすすめられたことで、僕の人生が一変したのです。読むどころか、見るのも嫌だった活字の本なのに、次のページが気になって、読むことをやめられなくなったのです。

それからはいろんなジャンルの小説を読みました。

次第に、自分でも書いてみたいという衝動にかられ、とうとう執筆を開始したのが二十歳を過ぎて数年後。

書きだしたら、今度はコンテストに応募し、受賞して書籍化したいという気持ちが沸き上がってきて、本格的に執筆を初めて一ヶ月も経っていない素人以前の状態から、僕は某出版社のコンテストへと応募したのです。

結果は当然惨敗。

一次すら突破できず、あえなく撃沈。

そううまくいくはずがない。ダメなのは分かりきっている。

それでも、「もしかしたら」なんて淡い期待を抱いていた若造に厳しい現実が突きつけられたのです。せめて、一次くらいは突破するだろうという見通しさえ甘すぎたのです。

一次すら突破できないようじゃ書籍化なんて夢のまた夢、と落ち込む僕のもとに、一通の郵便が届きます。

それは評価シートでした。

すっかり忘れていたのですが、僕が応募した新人賞は、希望者に限り審査員から評価シートがもらえるものだったのです。

届いた直後は、「そういえば、希望していたなぁ」という感じに薄い反応で、正直、まったく中身を期待していませんでした。ところが、読み始めると、応募した作品について詳しい指摘が書かれているじゃありませんか。

登場人物の特徴や話の展開に加え、基本的な文法の間違いなど、自分が想像していたよりも事細かなアドバイスが書かれていたのです。

そこに書かれたアドバイスに注意しながら執筆した結果、二作目は最終選考まで残る大躍進を遂げました。やっぱりプロの言うことは素直に聞くべきですね。

それから紆余曲折を経て、昨年の書籍化デビューに至るのですが……ここに来るまで、本当にいろいろなことがあったなぁ……（遠い目）。

そんなわけで、懐かしさに浸りながら書いた人生二度目のあとがきでした。

最後に、本作に関わるすべての人へお礼の言葉を贈りたいと思います。

担当のS氏には今回も大変お世話になりました。

イラスト担当のＬＬｔｈｉｋａ様には今回もたくさんの素敵なイラストを描いていただき、感謝しかありません。あなたのイラストで、僕の作業用デスク前にあるスケジュール板は埋め尽くされております。

そして何より、二巻を発売できたのも、応援してくださる読者のみなさまのおかげです。最大級の感謝を。

では、またお会いしましょう！

カドカワBOOKS

無敵《むてき》の万能要塞《ばんのうようさい》で快適《かいてき》スローライフをおくります2
～フォートレス・ライフ～

2020年6月10日　初版発行

著者／鈴木《すずき》 竜一《りゅういち》

発行者／三坂泰二

発行／株式会社KADOKAWA

〒102-8177
東京都千代田区富士見2-13-3
電話／0570-002-301（ナビダイヤル）

編集／カドカワBOOKS編集部

印刷所／旭印刷

製本所／本間製本

●お問い合わせ
https://www.kadokawa.co.jp/（「お問い合わせ」へお進みください）
※内容によっては、お答えできない場合があります。
※サポートは日本国内のみとさせていただきます。
※Japanese text only

Printed in Japan
ISBN 978-4-04-073674-7 C0093

鍛冶屋ではじめる異世界スローライフ
第4回カクヨムWeb小説コンテスト
異世界ファンタジー部門〈大賞〉

聖女さま？
いいえ、通りすがりの魔物使いです！
～絶対無敵の聖女はモフモフと旅をする～
異世界コミックにて
コミカライズ
連載開始!!
漫画：飯田とい

チートパワーは
モフモフのため！
転生聖女は
自重しない！
犬魔人　ill. ファルまろ
聖女になるはずのカナタが選んだ職業は最弱の魔物使い。だって転生した目的はこの力をフルに使ってモフモフを可愛がることだから！　しかし、そんな行動の数々がついでに助けられた人にとっては聖女そのもので……。
カドカワBOOKS

講談社マンガアプリ『マガポケ』にて
コミカライズ
連載決定！
漫画：吉村英明
神様にもらったチート神器で、
便利アイテムから
最強装備まで
自前で調達！

不遇職「鍛冶師」だけど
最強です
〜気づけば何でも作れる
ようになっていた男の
のんびりスローライフ〜
木嶋隆太
ill. なかむら
カドカワBOOKS
神に職業と神器を与えられる世界では、人の作る武器は不要。レリウスの職業『鍛冶師』も役立たず——のはずが、『鍛冶師』のハンマーには一度破壊したものなら幾らでも創造できるチート能力が備わっていて……？

建築、農業、
ついでに
テイムもおまかせ！
異世界で
村おこし始めます！
カドカワBOOKS

最強の食事係兼ポーターとして
異世界グルメ旅、スタート！
コミカライズ決定！
B's-LOG COMICにて
2020夏連載開始予定！

suterare seijo no
isekai gohantabi
捨てられ聖女の異世界ごはん旅
隠れスキルでキャンピングカーを召喚しました
米織
ill 仁藤あかね
カドカワBOOKS
聖女召喚されたものの、ハズレだと異世界に放り出されたリンは、特殊環境下でのみ実力を発揮する超有能スキル持ちだった！　アウトドア好きの血が騒ぎ異世界初川釣りに挑戦していると、流れてきたのは……冒険者!?

魔王《ラスボス》よりも強いけど、
平穏に暮らしたいんです。
B's-LOG COMIC＆
異世界コミックにて
コミカライズ
連載中!!!!
漫画：のこみ
カドカワBOOKS

AKUYAKU REIJO LEVEL 99
悪役令嬢レベル99
～私は裏ボスですが魔王ではありません～
七夕さとり
Illust. Tea
RPG系乙女ゲームの世界に悪役令嬢として転生した私。だが実はこのキャラは、本編終了後に敵として登場する裏ボスで――つまり超絶ハイスペック！　調子に乗って鍛えた結果、レベル99に到達してしまい……!?

新文芸宣言

かつて「知」と「美」は特権階級の所有物でした。

15世紀、グーテンベルクが発明した活版印刷技術は、特権階級から「知」と「美」を解放し、ルネサンスや宗教改革を導きました。市民革命や産業革命も、大衆に「知」と「美」が広まらなければ起こりえませんでした。人間は、本を読むことにより、自由と平等を獲得していったのです。

21世紀、インターネット技術により、第二の「知」と「美」の解放が起こりました。一部の選ばれた才能を持つ者だけが文章や絵、映像を発表できる時代は終わり、誰もがネット上で自己表現を出来る時代がやってきました。

UGC（ユーザージェネレイテッドコンテンツ）の波は、今世界を席巻しています。UGCから生まれた小説は、一般大衆からの批評を取り込みながら内容を充実させて行きます。受け手と送り手の情報の交換によって、UGCは量的な評価を獲得し、爆発的にその数を増やしているのです。

こうしたUGCから生まれた小説群を、私たちは「新文芸」と名付けました。

新文芸は、インターネットによる新しい「知」と「美」の形です。

2015年10月10日
井上伸一郎